Jake

Geraint V. Jones

Gomer

Argraffiad cyntaf – 2006

ISBN 1 84323 683 4
ISBN-13 9781843236832

Mae'r cynllun Stori Sydyn yn fenter ar y cyd rhwng yr Asiantaeth Sgiliau Sylfaenol a Chyngor Llyfrau Cymru. Ariennir y llyfrau gan yr Asiantaeth Sgiliau Sylfaenol fel rhan o Strategaeth Genedlaethol Sgiliau Sylfaenol Cymru ar ran Llywodraeth Cynulliad Cymru.

Argraffwyd yng Nghymru gan
Wasg Gomer, Llandysul, Ceredigion

7.50 p.m.

Stad Creigiau Canol, tref Pencraig, Gwynedd

NEIDIODD EI CHALON PAN glywodd y sŵn. Sŵn o'r cysgodion. Dim ond sŵn bychan oedd o. Sŵn troed yn y dail. Y dail oedd wedi cael eu chwythu i lawr gan wynt cryf neithiwr. Sŵn rhywun yn agos iawn ati. Sŵn oedd yn ei dychryn.

Ond cyn iddi hi gael troi na gneud dim, teimlodd law fawr yn cau am ei gwyneb. Llaw yn gwasgu'n gryf dros ei thrwyn a'i cheg. Llaw oedd yn ei mygu'n lân. Llaw mewn maneg.

Ceisiodd ysgwyd ei hun yn rhydd. Cicio'n ôl efo'i sawdl. Dyrnu'n ôl efo'i phenelin. Ceisiodd dynnu'r llaw oddi ar ei cheg. Roedd hi isho gweiddi a sgrechian am help.

Ond roedd y llaw yn y faneg yn rhy gryf, a rŵan roedd bysedd y llaw arall yn gwasgu ar ei llwnc. Llaw heb faneg oedd honno.

'Byddwch lonydd!' meddai llais cras yn ei chlust. Llais oedd yn swnio'n bell i ffwrdd, rywsut. Llais rhywun mewn masg, meddyliodd. Aeth ei dychryn yn waeth wrth sylweddoli hynny.

'Dach chi'n gwbod be dwi isho,' meddai'r

llais wedyn, yn fygythiol. Deud, nid gofyn, oedd o.

Teimlo gwres ei wyneb ar ei boch. Clywed ei anadlu cyflym. Teimlo'r cyffro yn ei gorff. Corff oedd yn gwasgu yn ei herbyn hi.

Roedd hi'n methu anadlu ac roedd petha'n mynd yn ddu o'i chwmpas. Yn dduach nag oedden nhw cynt. Roedd hi'n mygu. Roedd hi'n teimlo'i llygaid yn tyfu'n fawr yn ei phen.

Rŵan, roedd y dyn yn ei llusgo hi'n ôl. Ei llusgo hi oddi ar y llwybr. Roedd o'n ei thynnu hi i gysgod y coed.

'Fama!' meddai'r llais, ond prin roedd hi'n gallu ei glywed drwy'r düwch. Nid düwch y nos o'i chwmpas ond düwch y nos yn ei phen.

Yna, roedd y dwylo cryf yn ei gwthio hi i lawr ar y gwair, a phwysau'i gorff i gyd arni, yn rhwbio'n galed yn ei herbyn.

Roedd y bysedd garw yn dal i wasgu ar ei llwnc. Roedd y llaw efo'r faneg yn dal i gau'n dynn dros ei cheg a'i thrwyn. Roedd hi'n mygu. Ei brest yn byrstio wrth iddi ymladd am wynt. Y gwaed yn pwmpio'n galed yn ei phen. Ei llygaid yn cau yn araf a phob man yn mynd yn ddu. Roedd hi'n chwil ac yn gwybod ei bod hi'n marw. Roedd y dyn yn ei lladd hi.

Yna'n sydyn, llaciodd y bysedd ar ei gwddw a symudodd y llaw oddi ar ei cheg.

Roedd hi'n gallu anadlu!

Dechreuodd lowcio'r awyr iach yn swnllyd, drosodd a throsodd. Yn araf, teimlodd ei hun yn dod yn ôl o'r düwch. Teimlodd ei chefn yn oer a gwlyb. Y ddaear yn socian ar ôl glaw neithiwr, meddyliodd. Trwy'r brigau uwchben, roedd hi'n gweld cymylau gwyn yn symud yn ddiog ar draws awyr y nos.

Yna, gwelodd y gwyneb du yn edrych i lawr arni. 'Nid y croen sy'n ddu,' medda hi wrthi'i hun. 'Gwisgo masg mae o.' Gwelodd lygaid yn fflachio trwy ddau dwll bach yn y brethyn. Yn y twll i'r geg roedd tafod coch yn symud yn wlyb ac aflonydd.

'Dach chi'n gwbod be dwi isho, miss.'

Mae o wedi deud hynna o'r blaen, meddyliodd. Roedd ei phen yn clirio'n araf. Roedd hi'n gallu gweld petha'n gliriach, rŵan. Roedd hi'n gallu teimlo be oedd yn digwydd.

Sylweddolodd bod ei law fawr i mewn yn ei throwsus jogio hi a bod ei fysedd yn chwilio'n frwnt rhwng ei choesau. Teimlodd ei ewin caled yn crafu ei chnawd a theimlodd galedwch arall hefyd wrth iddo fo wthio'i gorff yn ei herbyn. Roedd y llaw yn y faneg hefyd wedi llithro'n is, ac roedd honno'n chwarae efo un o'i bronnau.

'O Dduw!' meddai hi'n ddistaw trwy'i dagrau. 'Paid â gadal i hyn ddigwydd.'

Roedd hi'n gwybod mai gweddi oedd yr unig obaith oedd ganddi hi. Ac yn gwybod, hefyd, am y dyn yma oedd rŵan yn trio rhwygo'i dillad oddi amdani. Dyma'r anifail oedd wedi treisio pump o ferched y dref yn barod. Ac wedi lladd tair ohonyn nhw. Dyma'r bwystfil roedd yr heddlu'n methu'n lân â'i ddal.

'Mae gynnoch chi goesa cryf, miss.'

Siarad efo hi oedd o? Neu efo fo'i hun? Doedd hi ddim yn siŵr.

'Corff cryf,' medda fo wedyn. Roedd o fel tasa fo'n trio dynwared llais rhywun arall. 'Dach chi'n ddigon ffit i rwbath, dwi'n siŵr.'

Trwy'r twll yn y masg gallai hi weld bod ei geg yn glafoerio. Roedd hi hefyd yn gwybod ei fod o wedi noethi ei hun a'i fod o'n paratoi i orwedd arni.

'Rŵan neu ddim!' meddai hi wrthi'i hun.

Yna, efo'i holl nerth, cododd ben-glin i fyny'n egar rhwng ei goesau a synhwyro'n syth ei bod hi wedi ei gael mewn man gwan. Clywodd ef yn griddfan yn uchel. A phan deimlodd ei ddwylo fo'n llacio'u gafael arni, daeth â'i phen i fyny'n gyflym nes bod ei thalcen yn taro'n galed yn erbyn y trwyn yn y masg.

'Y bitsh!' gwaeddodd.

Roedd hi'n gwybod ei bod hi wedi ei frifo.

'Y bitsh!' medda fo eto rhwng ei ddannedd a chodi dwrn i'w tharo.

Dyna pryd y gwelodd hi olau car yn llifo rhwng y coed, a chlywed sŵn teiars ar gerrig mân wrth iddo fo frecio.

'Diolch i Dduw!' meddai hi wrthi ei hun. 'Mae'r bobol-drws-nesa wedi cyrraedd yn ôl.'

Yna, roedd y gola wedi mynd, a'r nos wedi cau amdanyn nhw unwaith eto. Sŵn drysau'r car yn agor wedyn, a'u sŵn yn cau. Yna crensian traed ar gerrig mân.

Yr eiliad wedi'i fferru, a'r byd yn dal ei wynt. Roedd y dwrn yn dal i hofran yn ddu uwch ei phen, fel pen cobra yn erbyn awyr y nos. Yn barod i daro.

Dyna pryd y dechreuodd hi sgrechian a sgrechian, nes bod yr awyr o'i chwmpas yn llawn o sŵn. Daeth y dwrn i lawr unwaith, dwywaith a'i tharo ar ochor ei phen, ond daliodd hi ati i sgrechian. Yna, wrth i'r dwrn ei tharo eto, teimlodd ei hun yn llithro nôl i'r düwch.

Wnaeth hi ddim teimlo'r pwysau'n symud oddi ar ei chorff. Na gweld y cysgod du yn dengid i'r coed.

8.15 p.m.

Tafarn y Black Lion, Pencraig

'PEINT ARALL, MAT?'

Edrychodd Mat Francis ar ei wats. Roedd hi bron yn chwarter wedi wyth.

'Diolch, Jake.'

Dau frawd oedd Mat a Jake Francis, un yn *Detective Chief Inspector* efo Heddlu Gogledd Cymru a'r llall yn ddyn-papur-newydd efo'r *Sunday News* yn Manchester. Dyma'r tro cynta ers hydoedd iddyn nhw fod yn ôl yn Pencraig, yn cael peint efo'i gilydd yn y Black Lion.

Ddau fis yn ôl, roedd Mat wedi cael galwad ffôn oddi wrth y *Chief Superintendent*. 'Gwranda, Francis!' medda hwnnw. 'Ti'n gwbod am y busnas *Black Rapist* 'ma yn Pencraig? Wel, o hyn ymlaen, chdi fydd *in charge* o'r cês.' Doedd Mat ddim wedi cael cyfla i ddadla. 'Ti'n nabod yr ardal, Francis,' meddai'r *Chief*. 'Nabod y bobol! A dwi'n disgwyl *results* buan gen ti. Dallt?'

Pan glywodd Jake be oedd wedi digwydd, dyma fo'n gofyn i'w fòs ar y *Sunday News* am gael mynd i Bencraig, i sgwennu stori am y *Black Rapist*. Ac roedd hwnnw wedi cytuno.

Gwyliodd Mat ei frawd yn cychwyn yn ôl oddi wrth y bar, yn cario'r ddau beint llawn. Sylwodd ar wddw cryf ac ysgwydda llydan Jake, ac fel roedd ei frest yn llenwi'i jaced ledr ddu. Ei jaced motobeic. Mae o wedi newid llawer iawn dros y blynyddoedd, meddyliodd Mat. Roedd Jake wedi gadael Ysgol Pencraig ddeuddeng mlynedd yn ôl ac wedi mynd i Manchester i chwilio am waith fel dyn-papur-newydd. Erbyn heddiw, fo oedd un o riportars gora'r *Sunday News*. Hogyn digon diniwed oedd o ers talwm, yn cael ei fwlio gan rai o'r hogia eraill. Ond roedd petha'n wahanol iawn ers iddo fo ddysgu bocsio a *karate* yn Larry's Gym.

Er ei fod o flwyddyn yn hŷn na Jake, roedd Mat wedi aros ymlaen yn Ysgol Pencraig ar ôl i Jake adael. Roedd o wedi aros i neud ei lefel A. Ac wedi mynd ymlaen wedyn i neud gradd mewn Criminoleg (*Criminology)* ym Mhrifysgol Bangor. Cafodd ei dderbyn i Heddlu Gogledd Cymru yn syth wedyn. Yn 27 oed, roedd wedi cael ei neud yn *Detective Inspector* yn ardal Wrecsam a rŵan roedd o wedi cael dyrchafiad arall, yn *Detective Chief Inspector.*

'Dyna fo dy beint di!' meddai Mat, a tharo'r gwydryn ar y bwrdd o flaen ei frawd. 'Ond mae o'n mynd i gostio i ti. Rŵan 'ta, deud wrtha i be 'di'r *latest* ar y *Rapist*?'

Dyna pryd y canodd y ffôn ym mhoced Mat.

'Damia!' medda fo. 'Be rŵan eto? Does 'na'm blydi llonydd i gael.'

Roedd sgrin fach y ffôn yn deud wrtho fo pwy oedd ar ben arall y lein.

'Ia? Be sy, Sarj?'

Gwelodd Jake Francis wyneb ei frawd yn newid. Beth bynnag oedd y neges, doedd Mat ddim yn cael ei blesio. Roedd hynny'n amlwg.

'Ocê!' meddai Mat o'r diwedd. 'Mi a' i yno rŵan.' Roedd o'n edrych yn flin wrth roi'r ffôn yn ôl yn ei boced. Yna trawodd ei ddwrn yn galed yn erbyn y bwrdd, nes bod cwrw'n neidio allan o'r ddau wydryn.

'*Shit!*' medda fo'n ddistaw, rhwng ei ddannedd. '*Shit! Shit! Shit!*'

'Be sy'n bod, Mat? Be sy 'di digwydd?'

Yn lle ateb, cododd y plismon a chychwyn am y drws. 'Rhaid i mi fynd,' gwaeddodd.

'Hei! *Hold on!* Dwi'n dod efo chdi, boi! Bygro'r cwrw! Lle dan ni'n mynd?'

'Dwyt *ti* ddim yn mynd i unlla, mêt! Fedra i ddim mynd â blydi riportar efo fi i'r *scene of crime,* siŵr Dduw. Callia! Mi fasa'n ddigon am fy job i.'

'Wel, o leia deuda wrtha i be sy wedi digwydd.'

Os oedd y *Black Rapist* wedi taro eto, yna roedd Jake isho'r manylion.

Stopiodd Mathew Francis ar ganol cam. Roedd o wedi darllen meddwl ei frawd.

'Mae'r diawl wedi bod wrthi eto, Jake! Dyna be sy!' Roedd ei lais yn galed ac yn flin.

'Be? Y *Rapist*? Heno? . . . Yn lle?' Roedd y dyn-papur-newydd wedi cynhyrfu bron cymaint â'i frawd rŵan. 'Ydi o wedi lladd rhywun arall?'

'Nac'di, diolch i Dduw! Ond mae hi yn y sbyty. Ac i fanno dwi'n mynd rŵan.'

Arhosodd Jake nes gweld gola coch y car yn diflannu rownd y tro. Yna, wedi gwisgo'i helmed, brysiodd at ei feic. Chwyrnodd y Ducati ar y cynnig cynta. Fel teigar mawr yn barod i lamu ymlaen.

Motobeics oedd petha Jake. Motobeics pwerus fel y Ducati 999. Doedd o rioed wedi bod isho car. Yn un peth, roedd hi'n haws delio efo traffig Manchester ar ddwy olwyn nag ar bedair. A phan oedd o'n gorfod rhuthro ar draws y wlad ar drywydd stori dda, yna roedd y beic yn gyflymach na dim. Apêl fawr y Ducati oedd ei sbîd!

Wrth i Jake yrru rownd y tro siarp cyntaf, roedd ei ben-glin chwith bron yn crafu gwyneb y ffordd.

9.35 p.m.

Ysbyty Pencraig

'BE DDIAWL WYT TI'N neud yn fan'ma?'

Roedd Mat yn trio swnio ac edrych yn flin. Ond doedd o ddim yn synnu bod Jake wedi dod i'r ysbyty ar ei ôl. Riportar papur newydd oedd Jake, wedi'r cyfan, a doedd dim disgwyl iddo fo golli stori dda.

Roedd dau dditectif arall yn yr ysbyty yn cadw cwmni i *Detective Chief Inspector* Mat Francis. Dyn ifanc 22 oed oedd un ohonyn nhw. Merch oedd y llall. Roedd hi ychydig yn hŷn.

Clywodd Jake ei frawd yn deud wrth y lleill, 'Ewch i'r car i aros amdana i.'

Wedi iddyn nhw fynd allan o glyw, dyma Jake yn gofyn, 'Sut mae'r hogan? Be sy wedi digwydd iddi?'

'Mae hi'n iawn, diolch i Dduw. Cleisia go ddrwg ar ei gwynab hi, ond fel arall mae hi'n iawn. Mi fydd hi'n cael mynd adra yn y bore. A chafodd hi mo'i threisio chwaith.'

'Wyt ti'n siŵr mai *fo* oedd o?'

'Dim amheuaeth. Mae disgrifiad Nan yn debyg iawn i ddisgrifiad pob un o'r lleill.'

'Nan? Be? Wyt ti'n ei nabod hi, Mat?'

'Ydw. A chditha hefyd, siŵr o fod. Nan Vaughan! Roedd hi yn yr ysgol efo ni, ers talwm.'

'Be? Nan Meirion House? Honno oedd yn yr un dosbarth â fi?'

'Ia. Hi ydi athrawes Ymarfer Corff Ysgol Pencraig.'

'Uffar o bishyn, os dwi'n cofio'n iawn.'

'Uffar o bishyn yn dal i fod, mêt.'

'Wel wel!' medda Jake. 'Faswn i ddim yn meindio cael amball wers *netball* ganddi hi.'

'Hy! Fasa gen ti ddim gobaith mul efo Nan. Ti'n rhy hyll.'

'Doniol iawn, brawd mawr! Doniol iawn! Ond dwyt titha ddim yn *oil painting,* chwaith!'

Chwerthin wnaeth y ddau wedyn.

'Mi fydd yn iawn i mi gael gair efo hi, debyg?'

'Dim uffar o beryg!' meddai Mat yn wyllt. 'Dwyt ti ddim i fynd yn agos ati hi! Dallt? Dydi hi ddim i gael ei phoeni gen ti na neb arall! Dwi wedi gadael *orders*.'

'Deud wrtha i be ddigwyddodd 'ta. *Off the record*.'

Am eiliad, meddyliodd Jake bod ei frawd yn mynd i wrthod. Ond yna gwelodd ef yn newid ei feddwl.

'*Strictly off the record*, reit?'

'Iawn.'

'Mae Nan yn byw yn y tŷ pella ar Creigiau Avenue, yn ymyl Coed Creigiau Canol. Roedd hi wedi bod allan yn jogio. Mae hi'n arfar gneud hynny bob pnawn Gwener, ar ôl gorffan gweithio. Fel rheol, mae hi wedi cyrraedd adra cyn iddi dywyllu ond heno roedd hi wedi galw i weld un o'i ffrindia. Roedd hi bron â chyrraedd drws y tŷ pan gydiodd o ynddi hi.'

'Roedd o'n disgwyl amdani, felly?'

'Oedd, mae'n debyg.'

'Felly, roedd o'n gwbod lle roedd hi'n byw?'

'Mae'n edrych felly.'

'Ac roedd o'n ei nabod hi.'

'Falla. Ond fedrwn ni ddim bod yn siŵr o hynny.'

'Ddaru *hi* ei nabod *o*, 'ta?'

'Na. Roedd o'n gwisgo masg du, 'run fath ag arfar.'

'Ddeudodd o rwbath, 'ta? Ddaru hi nabod ei lais o?'

Cododd Mat ei law i roi stop ar gwestiyna'i frawd. 'Dyna'r cwbwl ti'n mynd i gael gen i heno,' medda fo. 'Waeth i ti fynd nôl at dy beint yn y Lion, ddim.'

Ond wrth i Mat gychwyn am y drws,

gwelodd y plismon ifanc yn brysio nôl tuag ato fo.

'Syr! Newydd gael neges ar radio'r car. Maen nhw newydd ffeindio corff merch. Yn y Parc. Corff hannar noeth. Ac mae o'n dal yn gynnas.'

'Shit! Shit! Shit!'

Brysiodd y plismon bach ar ôl ei fòs wrth i hwnnw ruthro am y drws i fynd allan. Doedd Jake ddim yn bell tu ôl, chwaith.

10.00 a.m. y bore wedyn

Pencadlys yr Heddlu, Pencraig

'CROGI DDEUDIST TI? Sbaddu'r diawl faswn i!'

'Sbaddu? Be ti'n feddwl?'

'Torri arno fo, siŵr Dduw! Torri ceillia'r bastad. A'u taflu nhw i'r cŵn wedyn. Dyna'r unig ffordd i roi stop ar ryw anifail fel fo.'

Dyna pa mor gryf oedd teimlada rhai o'r plismyn tuag at y Treisiwr. Roedden nhw'n flin bod y llofrudd yn dal yn rhydd.

Dyna pryd y cerddodd *Detective Chief Inspector* Mat Francis i mewn i'r stafell, heb drafferthu cau'r drws ar ei ôl. Roedd golwg wedi blino arno fo. Cleisia duon o dan ei lygaid. Ei wallt ar chwâl. Dim ond awr a hanner o gwsg roedd o wedi'i gael.

'Reit!' gwaeddodd. '*Gather round! Update* sydyn cyn i chi fynd allan i holi pobol.'

Ar y wal tu ôl i Mat roedd lluniau pob un o'r merched oedd wedi cael eu treisio neu eu lladd. O dan bob llun roedd nifer o bwyntiau wedi cael eu sgrifennu. Pwyntiodd at y llun cyntaf.

'**Suzanne Morris**,' medda fo. '26 oed. Un o'r rhai lwcus. Lwcus am ei bod hi'n dal yn fyw! Merch o Lanberis. Di-briod. Newydd gael job efo'r Cyngor Sir fel Trefnydd Gwasanaeth Cinio i ysgolion y sir. Ar ôl bod yn Ysgol Pencraig fe ddaru hi alw i weld hen fodryb, yma yn y dre, yn 14 Morgan Street.

'Roedd hi wedi parcio'i char yn y ffordd gefn. Pan aeth hi'n ôl at y car, roedd o'n aros amdani hi, yn y tywyllwch. Fe gafodd hi ei llusgo i gefn y car. Yna, cael ei churo a'i threisio yn fanno. Roedd o'n ddyn cryf, yn gwisgo masg du, ac ogla garlic ar ei wynt o. Cymro Cymraeg. Roedd o'n gwisgo condom, felly dim tystiolaeth DNA, gwaetha'r modd. Dyddiad yr ymosodiad – nos Wener, Tachwedd 26. Mae 'na flwyddyn a phedwar mis ers hynny.'

Pwyntiodd at y llun nesaf.

'**Catrin Saunders.** Hi oedd yr ail. Nos Fercher, Chwefror 16 oedd hynny. Hitha hefyd yn 26 oed. Wedi ei geni a'i magu yma yn Pencraig. Yn briod efo dau o blant. Doedd hi ddim mor lwcus â Suzanne Morris. Ffarmwr yn cael hyd i'w chorff hi yn ei sgubor. Roedd hi wedi cael ei churo a'i threisio cyn cael ei lladd. Olion bysedd ar ei gwddw. Condom wedi cael ei ddefnyddio yma eto. Ond Fforensig wedi *cael* tystiolaeth DNA y tro yma, am fod y llofrudd wedi glafoerio ar ei gwallt hi.'

Pwyntiodd at lun arall.

'**Audrey Thomas** oedd y nesa. 23 oed. Hitha

wedi'i geni a'i magu yma yn Pencraig. Roedd hi yn y King's Head efo dwy o'i ffrindia tan 7.45 y noson honno. Gadael, wedyn, i gwarfod ei chariad o flaen y Luxor. Ond ddaru hi ddim cyrraedd. Ei chorff hi'n cael ei ffeindio mewn tŷ gwag ar Manod Road. Hitha, fel y lleill, wedi cael ei churo a'i threisio cyn ei thagu i farwolaeth. Dau fath o olion bysedd ar ei gwddw hi. Yn ôl y patholegydd, roedd y llofrudd yn gwisgo maneg ar ei law chwith. Condom wedi cael ei ddefnyddio y tro yma hefyd. Dim DNA, gwaetha'r modd. Nos Wener Ebrill 8fed oedd y dyddiad.'

Edrychodd Mathew Francis yn ddifrifol o'i gwmpas. 'Tair mewn pum mis! Yna wyth mis yn mynd heibio cyn iddo fo daro wedyn. Rhagfyr 15fed y llynedd oedd hynny.'

Pwyntiodd at y llun nesaf.

'**Janette Tompkins.** 22 oed. Merch i feddyg o Stoke-on-Trent. Wedi dod i Pencraig i aros dros y Sul efo'i ffrind, Anwen Williams. Y ddwy yn stiwdants ym Mhrifysgol Lerpwl ac yn mynd i ddathlu diwedd tymor efo'i gilydd yn y King's Head. Cwarfod dau hogyn yn fanno, a mynd allan efo nhw. Ond Janette yn ffraeo efo'i hogyn hi. Am ei fod o wedi mynd yn rhy ffresh, medda hi. Fo wedi mynd nôl i'r King's Head a hitha wedi cychwyn cerddad i gartra Anwen ar ei phen ei hun. Ond roedd y dre yn ddiarth iddi hi ac fe aeth hi ar goll. Fe gafodd y *Rapist* afael arni a'i llusgo hi i'r hen iard goed. Ei churo hi yn fanno. Dydi hi ddim yn cofio cael ei threisio, ond mae hi'n cofio bod ogla *disinfectant* ar ei ddillad o. Ac ogla *garlic* ar ei wynt o. Dyn tal a chry iawn medda hitha hefyd. Dim DNA y tro yma chwaith. Ond am ryw reswm, ddaru o ddim lladd Janette Tomkins. Fe gafodd hi fyw!

Edrychodd ar wyneba'r plismyn o un i un.

'Pam, medda chi? Lladd dwy ond gadael dwy arall yn fyw.'

Dechreuodd rhai ohonyn nhw ysgwyd eu pennau. Roedd y cwestiwn wedi cael ei ofyn o'r blaen. Doedd dim ateb iddo.

'Ddaru o ddim siarad gair o Gymraeg efo hi. Ond roedd hi'n gwbod mai Cymro oedd o, oddi wrth ei acen. Rywsut neu'i gilydd roedd ynta'n gwbod ymlaen llaw mai Saesnes oedd Janette Tomkins. Dyma'r cwestiwn i chi, felly! Sut oedd o'n gwbod mai Saesnes oedd hi? Oedd o wedi'i chwarfod hi yn rhwla cyn hynny? Cofiwch mai newydd ddod i Pencraig oedd hi.'

Symudodd at y llun nesa yn y rhes.

'**Medwen Ellis** oedd y nesa. Y dyddiad, Chwefror 14. Mis yn ôl! Dim ond dau ddiwrnod ar ôl i mi ddod ar y cês, os cofiwch chi. Mam ddi-briod oedd Medwen. 32 oed. Un plentyn ganddi hi. Merch 13 oed o'r enw Helen, a honno braidd yn wyllt yn ôl pob sôn. Llawar o gwynion amdani yn Ysgol Pencraig, a Medwen wedi cael ei galw i mewn fwy nag unwaith i weld y prifathro. Hogan o Borthmadog oedd Medwen yn wreiddiol ond yn byw yn Pencraig ers naw mlynadd. Wedi dod yma i weithio yn ffatri Masons. Ar ei ffordd adra oddi ar shifft hwyr roedd hi pan gafodd hi ei lladd. Ond mi ddaru hi gwffio'n ôl, oherwydd roedd rhywfaint o waed o dan ei gwinadd hi. Mae adroddiad y Lab yn deud wrthon ni bod DNA hwnnw yn matsio'r DNA gawson nhw yng ngwallt Catrin Saunders.'

Aeth Mathew Francis i eistedd rŵan ar gornel y bwrdd ac edrych arnyn nhw eto, o un i un. Roedd ei wyneb yn bictiwr o boen a blinder.

'A dyma ni'n dod rŵan at helynt neithiwr. Dau ymosodiad mewn un noson. **Nan Vaughan** i ddechra. 28 oed. Athrawes Ymarfer Corff yn Ysgol Pencraig. Yr unig un mae o wedi methu cael ei ffordd efo hi. Roedd hi o fewn tafliad carrag i ddrws ei thŷ pan ddigwyddodd y peth. Oni bai bod y bobol-drws-nesa wedi dod adra pan naethon nhw, yna does wbod be fasa wedi digwydd. Mae Nan ei hun yn eitha siŵr ei fod o wedi bwriadu'i lladd hi.'

'Roedd o'n ei nabod hi.'

Edrychodd *DCI* Mat Francis ar y plismon oedd wedi torri ar ei draws.

'Pam ti'n deud hynny, Thompson?'

'Roedd o'n gwbod lle'r oedd hi'n byw. Rhaid ei fod o'n gwbod hefyd ei bod hi'n byw ar ei phen ei hun. Fasa fo ddim wedi cymryd y risg fel arall. Mor agos at y tŷ, dwi'n feddwl.'

Nodiodd Mat Francis ei ben. Yna, trodd i edrych ar y lleill. 'Mae hwnna'n bwynt pwysig i'w gofio,' medda fo. 'Rhywun lleol ydi o. Dim dwywaith am hynny. Cymro Cymraeg. Roedd o'n gwbod rhwbath am bob un ohonyn nhw. Gwbod lle roedden nhw'n mynd, neu lle roedden nhw wedi bod, neu lle roedden nhw'n byw.

'Ac mae hynny'n wir am **Alison Moore** hefyd. Hi ydi'r un gafodd ei lladd yn y Parc neithiwr, yn syth ar ôl yr ymosodiad ar Nan Vaughan. Roedd hi'n hŷn na'r lleill. 42 oed. Y cwestiwn ydi hyn: ar ôl iddo fo fethu efo Nan Vaughan, ddaru o fynd i chwilio am rywun arall? Ta digwydd gweld Alison wnaeth o, a manteisio ar ei gyfla?'

'Dwi'n meddwl ei fod o'n aros amdani hi, syr.' Ditectif Gwnstabl Thompson oedd wedi siarad eto.

'Dwi'n cytuno efo *DC* Thompson,' medda

Mat. 'Roedd o'n aros amdani wrth iddi hi groesi'r Parc, ar ei ffordd adra o'i gwaith. Sy'n golygu ei fod o'n gwbod lle roedd hi'n byw. Sy'n golygu hefyd ei fod o'n gwbod pryd roedd hi'n arfar mynd adra.'

'Be oedd ei gwaith hi, syr?'

'Roedd ganddi hi fwy nag un job. Jobsus glanhau. Wedi bod yn glanhau swyddfa Edward Jones y twrna oedd hi neithiwr. Fan'no mae hi bob nos Wener, rhwng hannar awr wedi chwech a hannar awr wedi wyth. Roedd o'n gwbod pryd roedd hi'n gorffan gweithio. Ac roedd o'n gwbod y bydda hi'n mynd adra ar draws y Parc. Y cwestiwn sy'n rhaid ei ofyn ydi hwn. Sut roedd o'n gwbod y petha 'ma i gyd? Pan gawn ni atab i'r cwestiwn yna, falla y cawn ni atebion i lot o betha eraill, hefyd. Ond gwrandwch ar hyn! Roedd gan Alison Moore fwnsh o wallt yn ei dwrn. Sy'n golygu ei bod hi wedi medru tynnu'r masg oddi am ei ben o, cyn iddo fo 'i lladd hi. Sy'n golygu hefyd, wrth gwrs, y bydd *Forensics* yn medru cael DNA *profile* arall. O'r gwallt, y tro yma.'

'Os oedd hi wedi gweld ei wynab o, yna roedd o'n siŵr o'i lladd hi.'

'*Quite so*, Thompson! *Quite so!*' meddai'r *DCI*. 'Rŵan, allan â chi i gyd, i ddechra holi pobol ar y stryd ac yn eu tai.'

10.20 a.m.

Pencadlys yr Heddlu, Pencraig

'YN Y PARC FYDDA I, Sam, os bydd rhywun yn holi.'

Cododd y Sarjant ei ben o'r papur roedd o'n ddarllen.

'Iawn, Mat! Ond gair o gyngor cyn iti fynd. Dos allan trwy'r drws cefn. Mae hogia'r Wasg yn aros amdanat ti yn y ffrynt.'

Gwenodd y *Detective Chief Inspector* yn flinedig. 'Diolch am y rhybudd. Drws cefn amdani, felly!'

'O! Gyda llaw! Welist ti dy frawd? Roedd o yma gynna, yn holi amdanat ti.'

Stopiodd Mat Francis ar ganol cam. 'Pwy? Jake? Yma, yn y steshon?'

'Isho gair efo chdi, medda fo. Dim ond newydd fynd i'r *briefing* oeddat ti. Mi ddeudodd y basa fo'n aros amdanat ti, ac mi eisteddodd yn fan'cw, tu allan i ddrws y *briefing room*.'

'Be oedd o'n neud, felly?' Er ei fod o'n gofyn y cwestiwn, roedd Mat yn gwybod yn iawn be oedd yr ateb. Roedd o'n cofio hefyd ei fod o wedi gadael drws y stafell ar agor yn ystod y *briefing*. Felly, roedd Jake wedi clywed pob dim gafodd ei ddeud!

'Prysur yn sgwennu oedd o,' medda'r sarjant.

'Ia mae'n siŵr!' medda Mat wrtho fo'i hun.

'Welis i mohono fo'n gadael, chwaith. Rhaid ei fod o wedi mynd pan o'n i wedi troi nghefn.'

'Y diawl slei, Jake!' medda Mat Francis, eto wrtho fo'i hun, a chychwyn am y drws i fynd allan.

* * *

Ond doedd Jake ddim wedi gadael y steshon! Roedd o wedi clywed pob gair gafodd ei ddeud yn y *briefing*, ac roedd o wedi bod yn brysur yn codi nodiada. Yna, wedi dallt bod y cyfarfod yn dod i ben, roedd o wedi brysio i lawr y coridor ac i mewn i'r toiled i guddio. Heb i'r sarjant ei weld o'n mynd! Ac yno roedd o rŵan, yn dal i swatio, ac yn aros i'w frawd adael yr adeilad.

Agorodd gil y drws yn ara, a gweld bod y coridor yn wag. Roedd Mat wedi mynd. A doedd y sarjant ddim wrth ei ddesg. Roedd pob man fel y bedd.

Roedd o wedi cael y wybodaeth oedd o isho. Pob dim ond un peth, sef rhifa ffôn a chyfeiriada. Roedd rheini'n siŵr o fod ar gael yn y *briefing room*. Brysiodd draw at y stafell.

10.50 a.m.

Stryd y Bryn, Pencraig

Roedd o'n eistedd efo'i ben yn ei ddwylo, a'i ddwylo'n fflat ar y bwrdd o'i flaen. Roedd o wedi bod yn crio ers deg munud neu fwy. Dyn mawr yn crio fel babi bach! Nid crio am fod ei drwyn o'n boenus oedd o, ond crio oherwydd be o oedd wedi'i neud, eto neithiwr.

Roedd o wedi blino. Diolch, felly, mai dydd Sadwrn oedd hi oherwydd doedd o byth yn gallu cysgu llawer ar nos Wener, ar ôl bod yn gneud petha drwg. Gorwedd yn effro am oriau. Gorwedd yn y tywyllwch yn meddwl am be oedd o wedi'i neud. Meddwl am y peth, drosodd a throsodd.

Roedd bore Sadwrn bob amser mor ddistaw. Dim sŵn plant yn chwarae. Dim sŵn gweiddi a rhedeg. Neb i roi ordors iddo fo i neud y peth yma a'r peth arall.

Oedd, roedd o'n crio am ei fod o wedi gneud rhwbath drwg eto neithiwr. Roedd o'n crio am ei fod o'n difaru. Roedd o'n crio am fod arno fo ofn. Ofn be fasa'n digwydd tasa fo'n cael ei ddal. Ofn gorfod mynd i garchar. Ofn cael ei gloi mewn lle cyfyng. Ofn be fasa'r dynion eraill yn neud iddo fo yn fanno.

'Dydw i ddim yn wirion,' medda fo wrtho'i hun. 'Dwi wedi clywad storia uffernol am be sy'n digwydd mewn carchar. Dwi wedi clywad be maen nhw'n neud i *rapists*. Mae 'na ddynion yn gneud petha diawledig yn fanno. A neb yn trio'u stopio nhw. Neb yn poeni dim. A neb yn trio dallt.'

Dechreuodd snwfflan crio eto.

'Rhaid i ti stopio gneud y petha drwg 'ma!' medda fo wrtho fo'i hun am y canfed tro. 'Stopio cyn i'r polîs dy ddal di. Cyn iddyn nhw dy gloi di mewn lle bach cyfyng.'

Ond yr un peth oedd yn digwydd bob tro. Difaru ac wedyn anghofio. Difaru a gneud yr un peth eto.

'Ond dydw i ddim yn mynd i neud petha fel'na eto,' medda fo. A sychu'r dagra efo cefn ei law fawr. 'Dydw i ddim yn mynd i neud petha drwg eto. Wyt ti'n clywad, Kitty?'

Ond doedd Kitty ddim yno, wrth gwrs! Roedd Kitty wedi mynd. Wedi mynd a'i adael o. Y *bitch*!

Roedd y masg yn dal ar y bwrdd o'i flaen, yn sbio arno fo drwy'r tyllau duon, a'r geg wag hefyd fel tasa hi'n chwerthin am ei ben. Yn chwerthin am ei fod o'n crio fel babi. Yn chwerthin am fod ei drwyn o'n goch ac yn boenus.

Yn sydyn, dyma fo'n cydio yn y masg a'i daflu fo ar draws y stafell, ac yn syth i'r tân. Tân coed braf.

Roedd gweld y brethyn yn dechra llosgi yn dipyn o sioc iddo fo. Taflu'r masg i ffwrdd yn ei dempar oedd o wedi neud. Doedd o ddim wedi meddwl y basa fo'n cyrraedd y tân. Ond dyna oedd wedi digwydd, a rŵan roedd y masg yn cael ei lyfu gan fflamau coch.

Ond doedd o ddim yn poeni gormod, chwaith. Os rhywbeth, roedd o'n teimlo'n well.

'Dydw i ddim yn mynd i neud petha drwg byth eto . . . Dydw i ddim yn mynd i neud petha drwg byth eto . . .' medda fo drosodd a throsodd, fel hogyn bach yn chwilio am faddeuant. 'Dwi'n falch bod yr hen beth hyll 'na wedi mynd i'r tân . . . wedi mynd am byth. Wyt ti'n clywad, Kitty?'

Ond doedd Kitty ddim yno, wrth gwrs!

11.10 a.m.

Creigiau Avenue
Stad Creigiau Canol

AETH JAKE YN SYTH at y tŷ pella yn y rhes, a pharcio'r Ducati o flaen y giât ffrynt.

Edrychodd i fyny ar yr awyr. Roedd y cymylau'n isel ac yn bygwth glaw, ac roedd sŵn digalon y gwynt i'w glywed yn y gwifrau letrig ac ym mrigau Coed Creigiau Canol. Doedd dim ffens yn gwahanu llwybr y tŷ oddi wrth y coed, ond roedd tâp melyn a glas yr heddlu wedi cael ei osod rownd darn o'r tir.

'Fan hyn y digwyddodd y peth, felly,' medda Jake wrtho'i hun. 'Ond does dim sôn am yr hogia *scene of crime*. Rhaid eu bod nhw wedi gorffan eu gwaith, ac wedi mynd.'

Roedd Jake yn gobeithio y byddai Nan yn ei gofio. Roedd o'n gobeithio y byddai hi'n barod i siarad efo fo.

Pwysodd ei fys ar gloch y drws. Dim ateb! Pwysodd eto, a gwrando. Roedd o'n gallu clywed y gloch yn canu tu mewn i'r tŷ. Ond doedd neb yn ateb!

Yn sydyn, gwelodd y cyrtans yn symud. Dim ond symudiad bach! A phâr o lygaid ofnus yn edrych allan arno fo. Yna roedd y llygaid wedi mynd, a'r cyrtans yn llonydd unwaith eto. Ond doedd neb yn dod i agor y drws.

Pwysodd eto ar y gloch. Dim ateb! Pwyso wedyn, a dal ei fys yn hir arni hi, rŵan.

'Pwy ydach chi? Be dach chi isho?' Llais bach oedd o. Llais merch. Llais yn llawn ofn.

'Nan?' gwaeddodd Jake. 'Nan Vaughan? Fi sy 'ma! Jake! Jake Francis! Roeddan ni'n arfar bod yn yr un dosbarth yn Ysgol Pencraig, ers talwm. Wyt ti'n cofio?'

Tawelwch am eiliad neu ddwy. Yna, y llais bach ofnus unwaith eto'n gofyn, 'Be wyt ti isho? Pam wyt ti yma?'

'Meddwl cael gair efo ti.'

'Am be?'

'Am ddyddia ysgol, am wn i.' Roedd rhyw gelwydd bach fel'na yn beth digon diniwed, medda fo wrtho'i hun. 'Wyt ti am agor y drws?'

'Pam wyt ti isho siarad am betha felly? Pam heddiw?'

'Pam lai, Nan? Dwi'n digwydd bod yn Pencraig am ddiwrnod neu ddau ac ro'n i'n meddwl y basa fo'n beth braf i ni gael sgwrs am yr hen ddyddia.'

Roedd Jake yn gallu deud celwydd fel tasa fo'n deud y gwir.

Dim ateb am sbel. Yna, y llais ofnus o ochor

arall y drws yn deud eto, 'Dydw i ddim isho siarad efo neb heddiw. Nei di fynd o'ma, plîs?'

'Fydd hi'n iawn i mi alw yn nes ymlaen 'ta, Nan? Mi fasa'n braf cael sgwrs.'

Dim ateb eto, am sbel. 'Dwi'n gwbod be wyt ti isho, Jake. Dwi'n gwbod mai dyn-papur-newydd wyt ti. Ond dydw i ddim isho i bawb wbod be sy wedi digwydd i mi. Llonydd dwi isho. Felly, dos o'ma, plîs.'

'Iawn, Nan. Dwi'n dallt yn iawn.' Roedd hi'n amser iddo fo feddwl am ryw gelwydd bach arall, felly. 'A deud y gwir wrthat ti, nid dyna pam y dois i yma.'

'Pam 'ta?' Roedd ei llais hi'n deud ei bod hi'n dal i'w ama fo.

'Wel! Mi ddeudodd Mat wrtha i be ddigwyddodd, ac ro'n i'n poeni'n dy gylch.'

'Poeni? Pam?' Roedd sŵn ei llais hi eto'n deud nad oedd hi'n coelio.

Gwnaeth Jake sŵn chwerthin. 'Mae hi'n anodd cynnal sgwrs efo'r drws wedi'i gau,' medda fo. Yna, fel tasa fo wedi meddwl am rwbath arall, dyma fo'n deud, mewn llais braidd yn swil, 'Ond falla bod hynny'n gneud petha'n haws i mi. Yn haws i mi ddeud be dwi isho'i ddeud. Y gwir ydi, Nan . . .'

Stopiodd, a gneud sŵn chwerthin nerfus, fel tasa fo'n rhy swil i ddeud ei feddwl.

'. . . Y gwir ydi,' medda fo wedyn, 'fod gen i dipyn o *crush* arnat ti pan oeddan ni yn yr ysgol ers talwm. Ddaru ti ddim sylwi, wrth gwrs. Pam ddylet ti, yndê? Roedd 'na hogia hŷn, a mwy *handsome* na fi, yn dangos diddordab.'

Gwnaeth sŵn chwerthin eto. Sŵn fel tasa fo'n teimlo cywilydd am be oedd o wedi'i gyfadde.

Aeth pedair neu bump eiliad heibio. Eiliada distaw. Yna, clywodd Jake y clo yn cael ei agor.

'Mi fasa'n well i ti ddod i mewn, dwi'n meddwl,' medda hi.

Y peth cynta ddaru Jake sylwi arno oedd y cleisia ar ei gwyneb llwyd hi. Roedd un ochor i'w gwyneb hi wedi chwyddo ac roedd y marcia cochddu yn edrych yn boenus iawn.

'Tyrd i mewn!' medda hi'n ddistaw, gan drio cuddio'i doluriau tu ôl i'w gwallt melyn llaes.

'Ista!' medda hi, a phwyntio at gadair yn ymyl y lle tân.

Eisteddodd Jake yn y gadair freichia a rhoi ei helmed ar lawr wrth ei draed. 'Roedd yn ddrwg gen i glywad am be ddigwyddodd i ti. Mi fuost ti'n ddewr iawn, yn ôl Mat.'

'Ym Manceinion wyt ti'n dal i weithio?'

'A! Mae hi'n trio troi'r stori!' medda Jake wrtho'i hun. 'Ia. Efo'r *Sunday News* dwi'n dal i fod,' medda fo wrthi. 'A chditha'n athrawes yn Ysgol Pencraig, yn ôl Mat.' Roedd o'n gweld ei bod hi'n gyndyn i siarad efo fo. Doedd hi ddim isho cael ei holi ynglŷn â neithiwr. Felly, gwell peidio rhuthro petha.

Am y deg munud nesa, fe fuon nhw'n siarad am ddyddia ysgol, a Nan yn deud fel roedd hi wedi mynd i'r coleg ac wedi priodi'n ifanc efo hogyn ddaru hi gwarfod yn fanno.

Cafodd Jake dipyn bach o siom pan ddeudodd hi hynny. Roedd hi'n briod, felly!

'O!' oedd yr unig beth fedra fo ddeud.

'Ond ddaru'r briodas ddim gweithio, mae gen i ofn,' meddai hi.

'O?' Roedd o'n teimlo'n well yn barod!

'Mewn llai na dwy flynadd, roeddan ni wedi cael ysgariad.'

Ysgariad? Roedd Jake yn meddwl ei fod o'n gwybod ystyr y gair. Ond doedd o ddim cweit yn siŵr, chwaith. 'Be? *Divorce,* wyt ti'n feddwl?' gofynnodd.

Chwerthin yn nerfus wnaeth Nan, rŵan. 'Ia,' medda hi. '*Divorce* maen nhw'n ddeud ym Manceinion mae'n debyg. Ond *ysgariad* ddeudwn ni yma yng Nghymru.'

Tro Jake, rŵan, oedd chwerthin yn nerfus. 'Dydi Nghymraeg i ddim yn dda iawn, mae gen i ofn,' medda fo. 'Sut bynnag, mae'n ddrwg gen i. Am yr ysgariad, dwi'n feddwl!' Ond doedd o ddim yn bod yn hollol onest yn deud hynny, chwaith.

'Mi gafodd Eifion affêr, a dyna'i diwadd hi! . . . Dynion!' medda hi wedyn, a chwerthin yn nerfus er mwyn trio gneud yn fach o'r peth.

'Dydi pob dyn ddim 'run fath, cofia.'

Gwenu'n drist wnaeth hi rŵan. 'Nacdi, mae'n debyg,' medda hi. 'Doedd Eifion ddim yn angel, o bell ffordd! Ond mae 'na ddynion sy'n lot gwaeth na fo.'

Gwelodd Jake mai dyma oedd ei gyfla i ddechra holi. 'Ti'n iawn yn fanna, Nan!' medda fo. 'Mae 'na ddynion lot fawr gwaeth nag Eifion yn yr hen fyd 'ma, sti. Dwi wedi dod ar draws gormod o'r diawliaid fy hun. Fel riportar, dwi'n feddwl. Ac wedi cael cyfla i roi rhai ohonyn nhw yn y jêl, hefyd.'

Cododd Nan ei phen rŵan ac edrych ar Jake efo diddordeb newydd. 'Do wir?'

'Do. Ti'n gweld, fel riportar dwi'n gorfod hel gwybodaeth am y bastads sy'n gneud y petha drwg 'ma. Ac mae'r wybodaeth yn help wedyn i'r polîs ddod ag achos yn eu herbyn nhw.'

'Ond y stori sy'n bwysig i ti!' Roedd hi unwaith eto yn ei ddrwgdybio fo. 'Dyna'r cwbwl wyt ti isho. Dyna dy waith di.'

'Ia, wrth gwrs!' medda Jake. 'Cael y stori ydi'r peth pwysica i mi. Dwi'n cyfadda hynny! Ond weithia dwi hefyd yn gallu rhoi gwybodaeth bwysig i'r polîs.'

'O?'

'A deud y gwir wrthat ti, Nan, dyna pam dwi wedi dod i Pencraig. Fi ofynnodd am gael dod. Fi ofynnodd i'r *Editor* am y job.'

'O? Pam, felly?'

'Dwi'n nabod y lle. Dyna pam! Dwi'n nabod y bobol. A dwi'n gwbod y medra i ffeindio'r bastad maen nhw'n alw'n *Black Rapist.*'

'Be? Wyt ti'n deud dy fod ti'n well na dy frawd?' Roedd cysgod gwên ar ei gwefus hi rŵan. 'Fo ta chdi ydi'r ditectif?'

Gwenodd Jake hefyd. 'Ditectif drama ydi Mat! Ond paid â deud wrtho fo mod i'n deud, chwaith.'

Chwerthin wnaeth Nan rŵan, a hynny am y tro cynta ers i Jake gyrraedd. Gwelodd ei bod hi wedi ymlacio rhywfaint.

'Ga i ofyn un peth i ti am neithiwr?' medda fo, a mynd ymlaen cyn iddi hi gael cyfle i wrthod. 'Oedd 'na ogla arno fo?'

Edrychodd Nan yn ddryslyd hollol ar Jake, nes bod yn rhaid iddo fo egluro'i gwestiwn.

'Yn ôl dwy o'r merched eraill, roedd 'na ogla garlic ar wynt y dyn.'

Ddaru hi ddim ateb am rai eiliada. Roedd hi'n trio cofio. Roedd hi hefyd yn synnu bod Jake yn gwybod am dystiolaeth y ddwy ferch arall. Rhaid bod Mat wedi deud wrtho fo, meddai hi wrthi'i hun. Doedd peth felly ddim yn iawn. Roedd gwybodaeth fel'na i fod yn gyfrinachol.

'Fedra i ddim deud bod ogla ar ei wynt o, ond mi oedd 'na ryw ogla arall, dwi'n gwbod. Mwy nag un ogla, o bosib.'

'Ogla be, felly?'

'Dydw i ddim yn siŵr. A deud y gwir wrthat ti, dydw i ddim wedi meddwl am y peth tan rŵan.'

Eisteddodd Jake yn ddistaw am ychydig eiliada, i roi cyfle iddi hi feddwl a thrio cofio.

'Diheintydd!' medda hi o'r diwedd. 'Dwi'n siŵr mai ogla diheintydd oedd un ohonyn nhw. Ond mi roedd 'na ogla rhwbath arall hefyd, ond fedra i ddim meddwl be.'

'Diheintydd? Be gythral ydi diheintydd?'

'Disinfectant,' medda hi. *'Disinfectant* i Saeson Manceinion!'

Roedd hi'n tynnu'i goes o, eto. Ond jôc wan oedd hi. A doedd hi ddim yn gwenu. Roedd cofio'r ogla yn boen iddi. Roedd hynny'n amlwg.

Roedd Jake wedi cyffroi wrth wrando arni, ac erbyn rŵan roedd o'n eistedd ar flaen ei gadair. Nid Nan oedd yr unig un oedd wedi clywed ogla *disinfectant* ar ddillad y Treisiwr. Roedd Janette Tomkins, y ferch o Stoke-on-Trent, wedi deud yr un peth. Roedd pob manylyn bach yn bwysig, medda fo wrtho'i hun. Roedd pob manylyn bach yn gliw.

'Wyt ti'n nabod rhywun sy'n licio garlic? Neu rywun sy'n iwsio *disinfectant*?'

Chwerthin yn fyr ac yn ddi-hiwmor wnaeth Nan rŵan. 'Mae'r rhan fwya o'm ffrindia i yn hoffi garlleg,' medda hi. 'Fi fy hun, hefyd, o ran hynny! Ac Eifion fy nghyn-ŵr! Ond paid â meddwl am eiliad mai fo ydi'r llofrudd.'

Hm! meddyliodd Jake. 'Sgwn i?

Yn sydyn, daeth golwg flinedig dros wyneb Nan.

'Fasat ti'n meindio mynd rŵan, Jake?' medda hi. 'Dydw i ddim isho siarad dim mwy am y peth heno.'

'Wrth gwrs,' medda fo. 'Ond ar un amod!'

'O? A be ydi'r amod?' gofynnodd hitha, wrth weld y direidi yn ei lygaid.

'Dy fod ti'n dod allan am bryd o fwyd efo fi ryw noson, cyn i mi fynd yn ôl i Manchester.'

Aeth hi'n ddistaw am sbel. Yna, yn araf, dechreuodd nodio.

'Iawn!' medda hi. 'Mi ddo i efo chdi . . . cyn i ti fynd yn ôl i Manceinion!'

Wrth yrru nôl ar y beic, roedd Jake yn gwenu efo fo'i hun. *Ysgariad . . . diheintydd . . . garlleg*. Roedd o wedi dysgu lot o eiria Cymraeg newydd bora 'ma!'

12.30 p.m.

Pencadlys yr Heddlu, Pencraig

WRTH I *DETECTIVE CHIEF INSPECTOR* Mat Francis gerdded o'i gar ar draws y maes parcio, cafodd ei ddal mewn cawod drom arall. Gwnaeth hynny iddo fo deimlo'n fwy blin fyth. Roedd o wedi cael ei ddal mewn dwy gawod yn barod, cyn hyn.

Ar ôl bore mor ddiflas, doedd o ddim isho gweld neb na dim. Y cwbwl oedd o isho rŵan oedd llonydd. Llonydd yn ei swyddfa fach gynnes. Llonydd i ddod ato'i hun.

Ond doedd dim posib osgoi Sarjant Sam Williams, am fod hwnnw'n eistedd wrth ei ddesg, 'run fath ag arfer.

'Ti'n edrych yn wlyb, Mat!' medda'r sarjant efo gwên. 'Wedi bod yn nofio wyt ti?'

'Paid â sôn, wir Dduw, Sam!' Roedd llais Mat yn llawn hunan-dosturi. Gallai deimlo'r glaw yn rhedeg yn oer i lawr ei war. Gallai deimlo'i draed yn wlyb ar ôl bod yn sefyllian yn y Parc. 'Dwi wedi cael bora uffernol, i ti gael dallt!' medda fo wedyn.

'Chafodd hogia *scene of crime* ddim llawar o hwyl, felly?'

'Rhy fuan i ddeud. O leia, nes y cawn ni adroddiad yn ôl o'r lab. Ond mi oedd 'na ôl traed yn y mwd. A gyda lwc, mi gawn ni DNA hefyd.'

Aeth Mat Francis i'w swyddfa a chau'r drws ar ei ôl. Wedi hongian ei gôt i sychu, ac eistedd wedyn wrth ei ddesg, tynnodd ei esgidia gwlyb a rhoi ei draed oer yn erbyn y *radiator* i gnesu. Roedd yn teimlo'i fod yn cael annwyd.

Cydiodd mewn beiro a dechra sgwennu yn ei lyfr bach, er mwyn trio gweld rhyw fath o batrwm ar betha. Roedd pob un o'r merched gafodd eu lladd yn ferched lleol. Doedd y ddwy arall ddim. Fe gafodd rheini fyw. Pam? Oedd o wedi bwriadu lladd Nan Vaughan hefyd, tasa fo ddim wedi cael ei styrbio? A be am y dyddiada, wedyn? Pump ymosodiad wedi digwydd ar nos Wener, un ar nos Fercher ac un ar nos Fawrth. Dim patrwm pendant yn fanna, yn reit siŵr! A be am *suspects*? Yn ystod y 18 mis dwytha, roedd profion DNA wedi cael eu gwneud ar 127 o ddynion Pencraig. Pob dyn oedd â rhyw fath o gysylltiad efo un neu ragor o'r merched. Ond roedd y profion i gyd wedi bod yn negyddol, hyd yma. Byddai'n rhaid aros chydig ddyddia eto cyn cael canlyniada DNA Andrew Moore, gŵr Alison, a gafodd ei lladd neithiwr.

'Taswn i'n medru,' medda Mat Francis wrtho'i hun, 'mi faswn i'n gneud prawf DNA ar bob dyn sy'n byw yn y dre 'ma.' Ond roedd 12,000 o bobol yn byw yn Pencraig, ac roedd mwy na 5,000 o rheini'n ddynion. Felly, roedd y dasg yn amhosib.

Canodd y ffôn a chododd Mat y teclyn at ei glust.

'Is that DCI Francis?' Cyfarthiad blin y *Detective Chief Superintendent*!

'Shit!' meddai Mat o dan ei wynt. 'Mae o am fy ngwaed i!'

12.30 p.m. yr un diwrnod

Tafarn y King's Head

ROEDD JAKE WEDI BWRIADU mynd nôl i dŷ ei fam a'i dad am ginio ond cafodd ei ddal yn yr un gawod o law â'i frawd. A gan ei fod o'n pasio'r King's Head ar y pryd, dyma benderfynu cymryd tamaid o ginio yn y dafarn.

Roedd o isho holi'r landlord, beth bynnag, gan fod dwy o'r merched – Audrey Thomas a Janette Tomkins – wedi bod yma, yn y King's Head, ychydig funuda cyn iddyn nhw gael eu treisio.

Roedd Audrey wedi gadael y dafarn i fynd i gyfarfod ei chariad, Alan Hines, tu allan i'r Luxor. Y ddau wedi bwriadu mynd i weld ffilm James Bond. Ond chyrhaeddodd hi ddim. Roedd hi wedi cael ei threisio a'i lladd, rhwla ar y ffordd.

Ac yma hefyd, yn y King's Head, yr oedd Janette Tomkins a'i ffrind Anwen Williams wedi cyfarfod y ddau hogyn, ac wedi mynd allan efo nhw. Ond roedd Janette wedi ffraeo efo'i chariad newydd hi ac wedi'i adael o. Am ei fod o wedi mynd yn rhy ffresh, medda hi! Sut bynnag, roedd y bachgen wedi dod nôl yn syth i fan'ma, i'r dafarn. Rywbryd ar ôl hynny y cafodd Janette ei threisio.

Tynnodd Jake ei helmed oddi am ei ben a chamu i mewn i'r bar. Roedd ei ddillad lledr yn sgleinio'n wlyb.

Am eiliad, safodd yn y drws i weld pwy oedd yno.

Roedd dyn mewn oed yn eistedd ar stôl uchel yn un pen i'r bar, efo papur agored o'i flaen a beiro fach las yn ei law. Dewis ceffyla oedd o, meddyliodd Jake.

Wrth y pen arall i'r bar, roedd dau ddyn canol oed yn sgwrsio a dau arall yn chwarae darts yn y gornel bella, ac yn gneud tipyn o sŵn wrth ddadla ynglŷn â'r sgôr.

Rhyw ddwsin o fyrddau oedd ar lawr y dafarn. Roedd gŵr a gwraig yn eistedd wrth un ohonyn nhw, yn mwynhau eu cinio. Wrth fwrdd arall, roedd pedwar dyn yn chwarae cardia, ac yn llowcio cwrw am yn ail. Ar ganol y bwrdd o'u blaen roedd pentwr o bres, yn barod i gael ei ennill.

Roedd y byrddau eraill i gyd yn wag, ar wahân i fwrdd bach crwn yn y gornel bella, yn ymyl y ffenest oedd yn edrych allan ar faes parcio'r dafarn. Yn fanno, efo'i gefn at bawb, roedd dyn reit fawr yn bwyta'i ginio.

Aeth Jake draw at y bar a chydio yn y fwydlen.

'Toasted sandwich, please,' medda fo yn ei Saesneg gora. *'Ham and tomato,'* medda fo wedyn. *'And half a pint of best bitter.'*

'That's four pounds twenty.'

Dim *please* na *thank you* na dim, sylwodd Jake.

Dyn tua 50 oed oedd y barman, efo pen moel, trwyn fflat ac ysgwydda llydan.

'Hen focsar!' medda Jake wrtho'i hun. 'Cryf fel arth, dwi'n siŵr.'

Aeth y dyn drwodd i'r gegin i ordro'r *toasted sandwich*. Yna, daeth yn ôl i dynnu hanner peint o gwrw i Jake.

'Are you the landlord?'

'Yeah.'

'So you're here every day?'

Cododd y dyn ei ben i sbio ar Jake efo'i lygaid bach tywyll. *'Yeah. So who's askin?'*

Tynnodd Jake ei gerdyn Y WASG a'i ddangos. *'Sunday News,'* medda fo. *'Do you mind answering a few questions?'*

'Depends what ya want to know!'

'The murders.'

'I'm buggered if I can tell ya anythin, mate. I've told the cops all I know.'

Sodrodd yr hanner peint o gwrw o flaen

Jake a mynd draw i ben arall y bar i siarad efo'r dynion yn fanno.

'Dydi o ddim isho siarad am y peth, mae'n amlwg,' medda Jake wrtho'i hun. 'Mi fydd yn rhaid i mi drio breib neu flacmel neu rwbath.'

Aeth deg munud heibio. Yna, cafodd y landlord alwad o'r gegin i ddeud bod y *toasted sandwich* yn barod.

'There ya go!' medda fo, a sodro'r plât ar y bar o flaen Jake.

Ond cyn iddo fo gael troi i ffwrdd, dyma Jake yn gwthio papur £20 tuag ato fo, ar draws y bar.

'Will that pay for a couple of simple answers?' gofynnodd, mewn llais distaw.

'It might,' medda'r cyn-focsar yn amheus. *'Depends on the questions, don't it?'*

Ond sylwodd Jake bod ei law fawr wedi cau dros y papur £20 yn sydyn ar y naw.

'Two of those women were in your pub a few minutes before they were attacked.'

'So?'

'After they left, did you notice any of your other customers going out after them?'

'Look, mate! The pub was packed, both nights. With just me and the missus behind the bar, do ya think I had time to see who was comin or goin?'

'How about your wife, then?'

'Nah! Anyway, we've told the cops everythin we know.'

Roedd o'n barod i fynd yn ôl i ben arall y bar. Ond doedd Jake ddim wedi cael gwerth ei £20.

'How about your customers, then? Maybe some of your regulars saw something?'

'Ask 'em yourself! They're all local,' Edrychodd o'i gwmpas. *'. . . except those two.'* A nodiodd at y gŵr a gwraig oedd rŵan yn paratoi i adael. *'But your best bet is that fellow in the corner by the window. He's in 'ere every night 'tween 'alf six and 'alf eight for 'is supper. Regular as clockwork he is! Except for weekends. Comes in for lunch on Saturday and Sunday. Like he's doin now . . . Mr Kiev we call 'im!'* medda fo wedyn, a chwerthin yn fyr ac yn ddi-hiwmor.

Ond ddaru o ddim aros i egluro'r jôc. Roedd o wedi mynd i ben arall y bar, a gadael Jake i fwyta'i *toasted sandwich.*

Clywodd Jake sŵn drws y dafarn yn agor tu ôl iddo a theimlodd wynt oer ar ei war.

'Am ffwc o dywydd!' medda rhywun mewn llais uchel wrth ddod i mewn. 'Tri pheint, Bill!' meddai'r un llais eto. 'A thri wisgi i fynd efo nhw!'

'Arglwydd mawr!' meddai'r landlord yn ôl.

'Oes 'na hen nain wedi gadael pres i ti yn ei 'wyllys, 'ta be?'

Roedd clywed y landlord yn ateb efo llond ceg o Gymraeg yn dipyn o sioc i Jake, ond ddaru o ddim troi ei ben o gwbwl i weld pwy oedd wedi cyrraedd. Jyst dal i fwyta'n ddistaw.

'Y jî-jîs wedi bod yn ffeind efo ni ddoe,' eglurodd yr un llais eto. 'Yn do, hogia?'

'Ffeind ar y diawl!' medda llais arall.

'*Yankee bet!*' medda'r llais cynta eto. 'Pedwar ffycin winar, Bill! *Six to one* . . . *seven to two* . . . *five to two* . . . a'r pedwerydd yn dod i mewn *sixteen to one* yn y ras ola! . . . *Sixteen to fuckin one!*' medda fo wedyn, i bwysleisio mor dda oedd yr *odds* ar y ceffyl dwytha.

'Lyfli jybli!' medda'r llais arall.

'Ia. Lyfli ffycin jybli!' medda trydydd llais, a chwerthin yn wirion fel tasa fo ddim yn medru meddwl drosto'i hun.

Dalltodd Jake wedyn bod y tri ohonyn nhw'n bartneriaid yn y bet, a'u bod nhw wedi bod yn dathlu mewn tafarna eraill cyn dod i'r King's Head. Daliodd i fwyta'i *toasted sandwich* yn ddistaw.

'Da iawn!' medda'r landlord yn sych. 'Ond dim mwy o regi, reit? Neu allan fyddwch chi.'

'Ocê, Bill! Ocê! *Keep your fuckin' hair on!*' medda'r llais cynta, eto.

Yna, yr un llais yn deud yn syn, *'I don't believe it! I don't fuckin' believe it!* Jack Spratt, myn diawl!'

Teimlodd Jake ei hun yn mynd yn oer drosto. Roedd o'n gwbod mai fo oedd y cael y sylw. Doedd neb wedi ei alw fo'n Jack Spratt ers dyddia ysgol, stalwm.

'Wel ia, myn yffar i!' medda'r un llais eto, ond yn dipyn nes rŵan. 'Jack Spratt ydi o hefyd, hogia!'

Doedd dim rhaid i Jake droi ei ben i wbod, rŵan, pwy oedd bia'r llais mawr. John J. Lloyd! Jonjo! Bwli mwya Ysgol Pencraig ers talwm. Hen gythral brwnt wrth bawb oedd yn llai na fo'i hun. Roedd Jake ei hun wedi diodda llawer ganddo fo. Wedi cael amal i ddwrn yn ei fol ac amal i gic-yn-din heb unrhyw reswm.

'Jack Francis ydi'r enw,' medda fo'n ddistaw.

'Ho!' medda Jonjo, yn dechra cael hwyl yn ei gwrw. 'Ti 'di mynd yn dipyn o ddyn, dwi'n gweld!'

Am fod y bwli wedi codi ei lais yn fygythiol, roedd pawb arall yn y dafarn wedi mynd yn dawel rŵan, ac yn gwrando.

'Digon o ddyn i ti!' medda Jake yn ddistaw.

'Be ddeudist ti, Jack Spratt?'

Roedd Jonjo wedi cymryd cam arall ymlaen

a rŵan roedd o'n sefyll reit tu ôl i Jake, ac yn edrych i lawr arno fo'n fygythiol. Roedd o'n chwe troedfedd o daldra, o leia. Hen labwst mawr oedd o, efo bol cwrw blêr.

'You heard!' medda Jake, yr un mor dawel eto, gan neud pwynt o drio anwybyddu'r bwli. Yfodd weddill ei gwrw'n araf.

'Bastad bach annifyr oeddat ti yn yr ysgol stalwm.' Roedd Jonjo yn gneud yn siŵr bod pawb yn y dafarn yn clywed. A rŵan dyma fo'n gosod ei law fawr yn drwm ar ysgwydd Jake a dechra gwasgu'n filain. 'A bastad bach annifyr wyt ti'n dal i fod, mae'n amlwg.'

'Dyna ddigon!' medda Dyn y Tŷ. 'Os oes gynnoch chi'ch dau broblema i'w sortio, gnewch hynny yn rhwla arall heblaw fama.'

Chwerthin yn snechlyd wnaeth Jonjo a llacio'i afael yn ara deg.

'Ti'n meddwl bod cael motobeic a gwisgo dillad lledar yn dy neud ti'n fwy o ddyn, Jack Spratt?'

Oedd, roedd Jake yn corddi, ond doedd o ddim am ruthro petha. Roedd o'n gwybod y medra fo ddelio'n hawdd efo Jonjo tasa fo isho. 'Ond nid yn fama,' medda fo wrtho fo'i hun. Ordrodd hanner peint arall o gwrw.

Pan welodd Jonjo nad oedd dim mwy o hwyl i gael trwy fygwth Jake, aeth yn ôl at ei fêts ac yn fuan iawn roedden nhw'n cael hwyl swnllyd am rywbeth arall.

Fe ddaeth cyfle Jake o'r diwedd, pan glywodd o Jonjo'n deud, yn ddigon uchel i bawb ei glywed, 'Dwi'n mynd am bisiad!'

Gwyliodd Jake fo'n mynd. Yna, heb dynnu sylw ato'i hun, aeth ynta hefyd am y toiled.

Erbyn iddo fo gyrraedd fanno, roedd Jonjo wrthi'n cael gwagiad ac yn hymian canu'n feddw efo fo'i hun.

'Sti be, Jonjo?' medda Jake yn wawdlyd. 'Ti'n fwy o goc oen rŵan na fuost ti erioed.'

Gwenodd wrth weld y bwli'n cynhyrfu ac yn piso'n gam dros ei drowsus a'i sgidia, a chlywodd ef yn rhegi o dan ei wynt.

'Fel y deudodd y landlord gynna, mae gen ti a finna betha i'w sortio.'

Pan glywodd o Jake yn deud hynny, daeth rhywfaint o ofn i lygad Jonjo. Brysiodd i gau ei falog. Roedd o'n dechra sylweddoli bod Jake yn dipyn talach ac yn dipyn cryfach nag oedd o yn yr ysgol, ers talwm, a'i fod o rŵan yn meddwl busnas.

'Chdi sy'n groendena!' medda fo'n frysiog. 'Symud, wir Dduw, i mi gael mynd allan, neu . . .'

'Neu be, Jonjo? Be wnei di os dwi'n gwrthod symud?'

'Y bastad digwilydd! Pwy ffwc wyt ti'n feddwl wyt ti, beth bynnag?'

Cyn iddo fo orffen siarad, roedd o wedi taflu dwrn at Jake. Ond roedd Jake yn barod amdano fo a chafodd o ddim trafferth i osgoi'r ergyd feddw. Gwnaeth hynny i Jonjo wylltio mwy, ac i ruthro ymlaen fel peth lloerig, efo'i ddyrna'n taflu i bob cyfeiriad.

Ond chafodd Jake ddim trafferth osgoi rheini chwaith. Yna, gyrrodd ei ddwrn ei hun i mewn i fol meddal ei hen elyn nes bod hwnnw'n plygu drosodd mewn poen ac yn gollwng gwynt swnllyd allan trwy'r ddau ben. Camodd Jake yn ôl jest mewn pryd cyn i Jonjo chwydu ei berfedd dros lawr teils y toiled.

Erbyn iddo fo fynd nôl i'r bar, roedd y bwrdd bach yn y gornel yn wag. Roedd y dyn mawr, pwy bynnag oedd o, wedi gorffen ei ginio ac wedi mynd.

'Damia!' medda Jake wrtho'i hun. 'Lle uffar aeth o?' Roedd o wedi bwriadu holi tipyn ar Mr Kiev.

Aeth allan o'r King's Head heb orffen ei gwrw a heb i fêts swnllyd Jonjo sylwi arno fo'n mynd.

7.15 p.m. yr un noson

Cartref rhieni Mat a Jake

ER MAI YN PENCRAIG y cafodd Mat a Jake eu magu, roedd eu rhieni wedi symud yn ddiweddar i bentre bach Cwm Llan i fyw. Ac efo nhw roedd y ddau frawd yn aros rŵan, tra roedden nhw'n gweithio yn yr ardal.

Ffordd gul, droellog oedd yn cysylltu Cwm Llan efo Pencraig ac roedd tair milltir a hanner rhwng y ddau le.

Roedd Jake wedi dod yn syth i Cwm Llan ar ôl yr helynt yn y King's Head, i weithio ar ei erthygl i'r *Sunday News*. Erbyn rŵan, roedd ganddo fo syniad go lew be oedd o isho'i neud nesa. Ymweld â Suzanne Morris yn Llanberis yn un peth. Mynd i Stoke, i weld Janette Tomkins, yn beth arall. Fel ei frawd Mat, roedd Jake yn siŵr bod rhyw gysylltiad rhwng pob un o'r merched oedd wedi cael eu treisio. Ond be?

Roedd Mat, hefyd, wedi dod yn ôl i'r tŷ erbyn hyn, ond doedd o ddim yn bwriadu aros yn hir, medda fo.

'Dwi am bicio adra i Wrecsam, ac aros yno heno. Ond ro'n i isho newid o'r dillad tamp 'ma, cyn mynd. Mi fydda i'n ôl yma nos fory . . . nos Sul.'

Erbyn rŵan, roedd o'n gwisgo crys llac a hen jîns digon blêr, ac wedi hongian ei ddillad gwaith yn y llofft roedd o'n ei rhannu efo Jake.

'Fe gei di gymryd tamaid i'w fwyta cyn mynd!'

'Na. Mi fasa'n well gen i gychwyn, Mam!' medda Mat. Yna, dyma fo'n troi at ei frawd a smalio edrych yn flin. 'Cythral slei wyt ti, Jake,' medda fo.

'Be ti'n feddwl, Mat?'

'Ti'n gwbod yn iawn be dwi'n feddwl, mêt! Be oeddat ti'n neud yn y steshon bora 'ma?'

'Isho gair efo chdi, dyna i gyd. Ond doeddat ti ddim ar gael. Ac roedd yn rhaid i mi fynd.'

'A ti'n disgwyl i mi dy goelio di?'

'Wrth gwrs!' medda Jake, mewn llais diniwed.

Chwerthin wnaeth y ddau ohonyn nhw wedyn. Yna, daeth golwg mwy difrifol dros wyneb y plismon. 'Gwranda, Jake! Os medri di gynnig unrhyw help i mi, yna mi faswn i'n ddiolchgar iawn o'i gael o. Mae'r *Chief Super* wedi bod ar y ffôn dair gwaith heddiw eto! Tair gwaith! A'i *blood pressure* fo'n uwch bob tro.'

'Paid â phoeni, Brawd Mawr!' medda Jake. 'Mi achuba i dy groen di!'

11.00 a.m. bore Sul

Llanberis

DIM OND UN PETH ddaru ddifetha'r daith i Jake, a'r *speed camera* wrth ymyl Llyn Mymbyr oedd hwnnw. Roedd o'n gneud 90 milltir yr awr ar y pryd! O wel! *Fair cop!*

Ar ôl holi pobol ar stryd fawr Llanberis, daeth o hyd i dŷ Suzanne Morris o'r diwedd. Canodd gloch y drws ac aros.

Ar ôl i Mat adael am Wrecsam neithiwr, roedd Jake wedi ffonio Suzanne i ofyn am gael gair efo hi heddiw. Roedd o wedi deud wrthi ei fod o'n gweithio efo'r *vice squad* ac roedd hi wedi llyncu'r stori.

Pwtan fach ddel, dim mwy na 5'2", oedd Suzanne Morris, efo gwallt tywyll, byr a llygaid bywiog. Ond llygaid oedd hefyd yn llawn pryder a phoen. Doedd hi ddim yn edrych ymlaen at gael ei holi, roedd hynny'n amlwg. Doedd hi ddim isho i'r graith ar ei meddwl gael ei hagor.

'Mathew Francis, *North Wales Police,*' medda Jake. 'Fi ffoniodd neithiwr.'

Tynnodd gerdyn o'i boced a'i ddangos yn gyflym iddi. *Warrant card* ei frawd oedd o. A llun ei frawd oedd arno fo, wrth gwrs. Ond chafodd hi ddim digon o gyfle i sbio'n iawn. Doedd o ddim yn llun arbennig o dda, beth bynnag, ac mi oedd Mat a Jake yn ddigon tebyg i'w gilydd.

Yn ddi-feddwl, roedd Mat wedi gadael y cerdyn ym mhoced ei gôt yn y llofft yn Cwm Llan. Ac roedd Jake wedi cymryd ei fenthyg!

'Dowch i mewn!' medda Suzanne.

Dilynodd Jake hi i'r tŷ.

'Mae'r teciall wedi berwi. Coffi 'ta te gymrwch chi?'

'Mi fasa panad o goffi'n dderbyniol iawn.'

Chydig funuda'n ddiweddarach, roedd Suzanne yn egluro iddo fo be oedd wedi digwydd ar y noson y cafodd hi ei threisio.

'Ond dwi wedi deud hyn wrth y plismyn amryw o weithia'n barod,' medda hi ar y diwedd.

'Dwi'n sylweddoli hynny,' medda Jake. 'Ond mae'r *vice squad* yn delio efo'r peth rŵan.'

Dim ond celwydd bach golau, medda fo wrtho fo'i hun. Doedd hi ddim callach os oedd y *vice squad* yn delio efo petha fel hyn ai peidio.

'Un cwestiwn arall cyn i mi fynd, Suzanne. Pan fyddwch chi yn Pencraig efo'ch gwaith, pwy fyddwch chi'n gwarfod yno?'

'Neb ond staff y ffreutur ym mhob ysgol.'

'Ffreutur?' Roedd y gair yn ddiarth i Jake.

'Cantîn!' eglurodd hitha. 'Dwi'n ymweld â chantîn pob ysgol yn yr ardal.'

'Pa mor amal fydd hynny?'

'Dwywaith y tymor, fel rheol.'

'Oes 'na ddynion yn gweithio mewn llefydd felly?'

'Na. Merched ydyn nhw i gyd. Ond mi fydda i'n dod i gysylltiad ag amball brifathro o bryd i'w gilydd. Neu ei ddirprwy, falla.'

'Dirprwy?'

'*Deputy head!*' eglurodd Suzanne eto.

'O! Wrth gwrs! Dwi'n dallt mai newydd ddechra ar y job yma oeddach chi pan ddigwyddodd yr . . . ym . . .'

'Pan ges i fy nhreisio dach chi'n feddwl?'

Nodiodd Jake ei ben.

'Hwnnw oedd fy niwrnod cynta fi yn Pencraig. A gan mod i yn yr ardal, mi ofynnodd Dad i mi alw i weld ryw hen fodryb iddo fo yn 14 Heol Morgan. Roedd hi'n 92 oed. Mae'r hen gradures wedi marw erbyn hyn.'

'O! Mae'n ddrwg gen i,' medda Jake, ond heb deimlo llawer o gydymdeimlad chwaith. 'Pwy arall oedd yn gwbod eich bod chi'n mynd i'w gweld hi?'

'Neb.'

'Dach chi'n siŵr?'

'Yn berffaith siŵr.'

'Ond roedd tref Pencraig yn ddiarth i chi ar y pryd, oedd hi ddim? Felly, sut ddaru chi ffeindio tŷ yr hen fodryb?'

'A!' medda Susanne, a'i llygaid yn goleuo rhywfaint. 'Dwi'n gweld be sgynnoch chi rŵan! . . . Wel holi wnes i, 'nde! Holi lle roedd y stryd.'

'Holi pwy?'

Arhosodd hi eto, i feddwl. 'Prifathro'r ysgol uwchradd yn un. Ond doedd ynta ddim yn rhy siŵr ac mi aeth i ofyn i rai o aeloda'r staff.'

'Dach chi'n gwbod pwy oedd rheini?'

'Dim syniad, mae gen i ofn. Ond dydach chi erioed yn awgrymu . . .'

Torrodd Jake ar ei thraws yn gyflym. 'Dydw i'n awgrymu dim,' medda fo. 'Jest isho syniad ydw i pwy arall oedd yn gwbod eich bod chi'n mynd i edrach am eich modryb.'

'Fedra i ddeud dim mwy na hynna wrthach chi, mae gen i ofn.'

Diolchodd Jake iddi a mynd nôl at ei feic.

11.30 a.m.

Stryd y Bryn, Pencraig

ROEDD O'N FLIN EFO fo'i hun am daflu'r masg du i'r tân. Roedd o wedi bod yn rhy fyrbwyll. Jest am ei fod o wedi cael pwl gwirion o gydwybod ac o ofn.

'Rhaid i mi gael un arall!' medda fo wrtho'i hun rŵan. 'Ond yn lle? Ar ôl be sydd wedi digwydd, fedra i ddim mynd i siop i brynu balaclafa neu rwbath felly. Mi fasa'r siopwr yn siŵr Dduw o ama rhwbath, ac yn ffonio'r polîs yn syth.'

Roedd colli'r masg wedi deud ar ei hunan-hyder. Pan oedd o'n gwisgo'r masg roedd o'n gallu teimlo fel person gwahanol. Roedd o'n teimlo'n bwerus. Yn teimlo na allai neb na dim ei stopio fo.

'Mi fydd raid i mi neud masg fy hun,' meddyliodd. 'Cael gafael ar damaid o frethyn a'i wnïo fo i siâp fy mhen.'

Aeth i browla o gwmpas y tŷ, i weld be alla fo ffeindio.

1.20 p.m. pnawn Sul

Stoke-on-Trent

'Is this where Janette Tomkins lives?'

Roedd y ddynes oedd yn sefyll o'i flaen yn edrych yn rêl storman.

'Yes,' medda hi'n swta. *'I suppose it was you who phoned last night?'*

'Yes,' medda Jake, yr un mor swta. *'Vice squad!'* medda fo eto, a fflachio *warrant card* ei frawd o dan ei thrwyn.

Ond roedd hon yn fwy drwgdybus na Suzanne Morris.

'Can I see that?' medda hi, a phwyntio at y cerdyn roedd Jake yn brysio i'w roi nôl yn ei boced.

'This doesn't look like you!' medda hi'n amheus, ar ôl astudio'r cerdyn yn fanwl. *'And according to this,'* meddai hi wedyn, *' you're not vice squad at all. According to this, you're with CID!'*

'Ah!' medda Jake, yn crafu'i ben am gelwydd handi. *'I've only just been transferred to the vice squad. Still waiting for my new warrant card, actually.'* Pwyntiodd at lun ei frawd ar y cerdyn. *'But that's me alright! It's just that I've let*

my hair grow. That's all! Since I have to work undercover, I prefer to look rather scruffy.'

'Hm!' medda hitha, a mwmblan rhwbath fel *'made a good job of it, anyway!'*

'Still, I suppose you'd better come in,' medda hi wedyn, a symud i'r ochor iddo fo gael mynd heibio iddi hi. *'But I'm warning you,'* ychwanegodd, yn fwy swta byth, *'that you're not to upset her. Janette has suffered more than enough already. It's a pity that she ever visited that awful little country of yours.'*

Roedd Janette Tomkins yn dipyn cleniach na'i mam. Yn dipyn mwy swil hefyd. Ac roedd hynny'n gneud petha'n anodd. Roedd hi'n gyndyn o ateb cwestiyna Jake. Roedd hi'n gyndyn iawn i drafod be oedd wedi digwydd iddi hi yn Pencraig, chwe mis yn ôl. Falla am fod ei mam hi yn y stafell, meddyliodd Jake.

'Don't think me rude, Mrs Tomkins,' medda fo wrth y ddynes hŷn, *'but do you think I could have a drink of water or something? My throat is dry. A nice cup of tea would be even better.'*

'Hm!' meddai'r fam yn siort, cystal â deud, 'Rwyt ti *yn* ddigwilydd, mêt!'

Ond mynd i'r gegin wnaeth hi.

Wedi iddi fynd, roedd Janette yn fwy parod i siarad a chafodd Jake atebion i bob un cwestiwn o bwys.

'Just one more question, Janette,' medda fo, wrth weld y fam yn dod yn ôl efo paned o de yn ei llaw. *'Where else did you go when you were in Pencraig? Apart from the King's Head, I mean.'*

'Nowhere,' medda hitha. *'I wasn't there for long, was I, before . . .?'*

'Before I was raped' oedd hi isho'i ddeud ond roedd hi'n cael trafferth deud y gair.

'. . . Anwen showed me a bit of the town, that's all.'

'And you met no one to talk to?'

'No.'

Cododd Jake. *'Thank you for seeing me,'* medda fo, a chychwyn am y drws, wedi anghofio pob dim am y baned yn llaw Mrs Tomkins. A ddaru hitha mo'i atgoffa fo chwaith.

Yna, fel roedd o'n mynd allan i'r stryd, dyma Janette yn gweiddi, fel tasa hi newydd gofio rhwbath, *'I almost forgot!'* medda hi. *'There was one other place we went to. Anwen wanted to visit her old . . .'*

Wrth i'r Ducati wibio'n ôl am ogledd Cymru, roedd Jake yn teimlo'n gyffrous iawn. Roedd o'n siŵr ei fod o wedi ffeindio'r atab i'w gwestiwn. Y cwestiwn oedd wedi bod yn ei boeni fo tan rŵan.

2.30 p.m. pnawn dydd Llun

Pencraig

'HENO? NOS LUN? Ydi nos Lun ddim yn noson ryfadd i fynd allan am swpar?'

'Wela i ddim pam,' medda Jake o ben arall y lein. 'Fe awn ni allan nos fory hefyd, os lici di. A nos Ferchar! A phob noson arall o'r wythnos, os wyt ti'n gêm.'

Chwerthin yn uchel wnaeth Nan rŵan. 'Ti'n rêl llo, Jake!' medda hi.

'Mi fydda i'n galw amdanat ti am saith. Iawn?'

'Paid â meddwl y bydda i'n dod efo chdi ar yr hen feic mawr 'na! Dwi'n parchu mywyd, i ti gael dallt!'

'Paid â phoeni!' medda Jake. 'Mi ga i fenthyg y Mondeo gan Dad.'

7.00 p.m. nos Lun

Creigiau Avenue

'WEL? LLE TI'N MYND â fi, ta?'

Roedd Nan yn gofyn y cwestiwn wrth ddringo i mewn i'r car.

'King's Head,' medda fo.

Aeth hi'n ddistaw am eiliad, fel tasa hi'n methu credu'i chlustia.

'Ti rioed o ddifri?' medda hi o'r diwedd, fel roedd Jake yn rhoi'r car mewn gêr.

Roedd hi wedi gneud ymdrech arbennig i wisgo'n ddeniadol. Ffrog ddu dynn oedd yn isel ar ei bronnau ac yn hollti ar ei chlun. Roedd hi'n cario'i chôt ar ei braich. Wrth iddi neud ei hun yn gyfforddus yn sedd flaen y car, daeth ei choesa siapus i'r golwg.

'Pam?' gofynnodd Jake, yn trio swnio'n ddiniwed, ond ar yr un pryd yn methu tynnu'i lygaid oddi ar ei choesa hi. 'Ydi'r King's Head ddim yn ddigon crand gen ti, ta be?'

Ond chwerthin wnaeth o wedyn, wrth weld siom ar ei gwyneb hi. Doedd y King's Head ddim yn lle i fynd â merch ddel am swper.

'Paid â phoeni!' medda fo, o'r diwadd. 'Mae gen i rwla neisiach o lawar mewn golwg. Ond dwi isho galw yn y King's Head ar y ffordd, os nad wyt ti'n meindio. Dim ond am funud.'

Wrth gerdded i mewn i'r dafarn, roedd Jake yn gweddïo na fasa Jonjo a'i fêts yno i godi trwbwl. Ond doedd dim sôn amdanyn nhw, diolch byth.

Roedd Nan wedi aros yn y car, yn y maes parcio tu allan.

Pedwar yn unig oedd yn y dafarn. Pump, a chynnwys y landlord. Roedd hwnnw'n brysur yn sgwrsio efo un o'i gwsmeriaid. Siarad am focsio oedden nhw. Roedd hynny'n amlwg, oherwydd roedd y landlord yn gneud sioe o daflu ei ddyrna o gwmpas, i ddangos be oedd *right hook* ac *uppercut* a phetha felly.

Edrychodd Jake o'i gwmpas. Roedd dau o griw pnawn Sadwrn yn eistedd efo'i gilydd wrth yr un bwrdd, a phac o gardia o'u blaen. Disgwyl y ddau arall, mae'n debyg, i gael gêm. Yn y gornel bella, wrth y ffenest, roedd rhywun arall roedd Jake yn ei gofio. Yr un boi mawr ag oedd yno o'r blaen, yn eistedd wrth ei fwrdd bach crwn, efo'i gefn at bawb arall yn y stafell.

Triodd gofio be oedd Gŵr y Tŷ wedi'i alw fo. 'Mr Kiev!' cofiodd. Ond roedd y landlord wedi deud yr enw fel tasa'r peth yn jôc. Felly, pam galw'r boi yn Mr Kiev os nad dyna oedd ei enw iawn o? 'Enw lle yn Rwsia ydi Kiev!' meddai Jake wrtho'i hun. 'Falla mai *Russian* ydi'r dyn!'

Roedd Gŵr y Tŷ wedi gweld Jake yn dod i mewn. Ac er ei fod o'n dal i ddangos i'w fêt sut i daflu *jabs* a *right hooks* ac *uppercuts,* roedd o hefyd yn cadw llygad barcud ar y riportar wrth i hwnnw fynd draw i siarad efo'r ddau chwaraewr cardiau.

'Fedra i gael gair sydyn, hogia?' meddai Jake, mewn llais mor glên â phosib.

Ond edrych arno fo fel tasa fo'n lwmp o faw naethon nhw.

'Dach chi'n *regulars* yma?'

'Be 'di o i chdi?' meddai'r mwya surbwch ohonyn nhw, mewn llais sych.

Shit! meddyliodd Jake. Mae o'n cofio ngwynab i, mae'n siŵr. Ac mae o'n cofio be ddeudodd Jonjo amdana i.

'Isho gair o'n i efo rhywun oedd yma ar y noson y cafodd Audrey Thomas ei lladd.'

'Pam? Be uffar ydi o i chdi, beth bynnag?' Yr un boi oedd yn gofyn eto.

'*Sunday News!*' medda Jake, fel tasa hynny'n egluro pob dim. 'Roedd Audrey Thomas yn y King's Head cyn iddi hi gael ei mwrdro. Oedd un ohonoch chi yma ar y noson honno?'

'Be uffar ti'n drio'i syjestio, felly? Bod Twm neu fi yn *involved,* ia?'

'Callia, wir Dduw!' medda Jake yn flin yn ôl wrtho fo. 'Mae o'n gwestiwn digon syml. Oedd un ohonoch chi yma ar y noson honno?'

'Stwffio chdi a dy gwestiwn!' meddai'r boi annymunol eto, a throi i ffwrdd i ddangos bod y sgwrs ar ben. Wrth ei ochor, roedd ei fêt yn crechwenu.

Roedd hynny'n ddigon i wylltio Jake. 'Arglwydd mawr! Be uffar ydi dy broblem di, beth bynnag?' medda fo, gan drio'i ora i gadw'i dempar dan reolaeth. 'Oes 'na rywun wedi piso i mewn i dy gwrw di, ta be?'

Roedd o ar fin troi i ffwrdd pan feddyliodd am ddeud rhwbath arall. Plygodd at glust y dyn. 'Ond falla mai fel'na y cest ti dy eni,' medda fo. 'Yn hen fastad bach annifyr.'

Aeth gwyneb y boi yn goch, ac wedyn yn biws. Dechreuodd godi ar ei draed ond fe eisteddodd yn ôl yn reit sydyn wrth sylweddoli bod Jake yn fwy ac yn gryfach na fo.

'Twll eich tina chi, ddeuda i!' medda Jake wedyn cyn troi ar ei sawdl a mynd draw at y bwrdd bach crwn yn y gornel, lle roedd Mr Kiev yn eistedd.

Eto heno, roedd gan hwnnw blatiad mawr o fwyd o'i flaen ond doedd o ddim yn bwyta. Roedd o'n rhy brysur yn edrych allan drwy'r ffenest.

'Mae'ch bwyd chi'n mynd yn oer,' medda Jake wrtho fo, gan drio swnio'n glên.

Yn lle ateb, edrychodd y dyn i lawr ar ei blât a gwelodd Jake ei fod o wedi cochi braidd. Falla bod y boi yn swil, meddyliodd.

'Jack Francis,' medda fo, i gyflwyno'i hun. 'Jake i fy ffrindia. Riportar efo'r *Sunday News*. Fasach chi'n meindio taswn i'n gofyn cwestiwn neu ddau i chi?'

'Be dach chi isho wbod?' Llais distaw. Llais dyn oedd ddim yn licio cael sylw.

'Wel diolch i Dduw am rywun clên yn y lle 'ma!' medda Jake. 'Isho gofyn o'n i os oeddach chi'n digwydd bod yma, yn y King's Head, ar y noson y cafodd Audrey Thomas ei lladd?'

'Dwi yma bob nos rhwng hannar awr wedi chwech a hannar awr wedi naw.'

Ond am ei fod o'n siarad mor ddistaw ac yn siarad i lawr i'w blât, roedd Jake yn cael trafferth i'w ddallt o.

'Be ddeudsoch chi? Hannar awr wedi chwech a . . .?'

'Hannar awr wedi naw,' meddai'r dyn, chydig bach yn uwch rŵan. 'Mi fedrwch chi ofyn i'r landlord, os liciwch chi. Yn fama dwi'n cael swpar bob nos.'

Gwnaeth Jake sŵn chwerthin yn ei wddw. 'Dydw i ddim yn ama'ch gair chi o gwbwl, gyfaill,' medda fo. 'Meddwl o'n i, os oeddach chi'n digwydd bod yma ar y noson honno, eich bod chi falla wedi sylwi ar rywun yn dilyn Audrey Thomas allan?'

'Naddo. Fydda i byth yn gweld pwy sy'n dod i mewn nac yn mynd allan,' meddai'r dyn eto, fel tasa fo'n siarad efo'i fwyd. 'Dwi bob amsar yn ista efo 'nghefn at y drws.'

'Felly, welsoch chi ddim byd ar y noson arall, chwaith? Y noson y cafodd y stiwdant ei rêpio?'

'Naddo.'

Roedd Jake yn siomedig. Yn fwya siomedig am nad oedd neb yn barod i helpu. Roedd o wedi disgwyl i bobol fod yn fwy clên efo fo. Pencraig oedd fama, wedi'r cyfan, nid Manchester.

Fel roedd o'n cychwyn allan, gwelodd fod y landlord yn sefyll wrth y drws rŵan, yn disgwyl amdano fo. Roedd golwg flin ar ei wyneb garw.

'Gwranda, mêt!' meddai'r cyn-focsar yn fygythiol. 'Os gwela i di yn fama eto yn rhoi hasl i'r cwsmeriaid, mi fydda i'n stwffio dy drwyn di i fyny dy din di. Dallt?'

'Dallt yn iawn, gyfaill,' medda Jake, a gwenu'n glên yn ôl. 'Dallt yn iawn!' medda fo wedyn, a cherdded rownd y dyn, ac allan.

Roedd Nan yn sefyll tu allan i'r car, yn aros amdano fo.

10 munud yn ddiweddarach

Bistro'r Pengwern

'WEL? YDI FAMA'N PLESIO, 'TA?'

Gwenodd. Bistro'r Pengwern oedd y lle gora – a'r mwya drud! – yn yr ardal gyfan.

'Ddim cystal â'r King's Head, falla . . .'

Wedi hongian eu cotiau, aeth y *waiter* â nhw at fwrdd yn ymyl y lle tân. Er ei bod hi'n ddechra mis Ebrill, roedd hi'n dal i fod yn ddigon oer tu allan.

'Bendigedig!' medda Nan, wrth syllu ar y tân coed braf. Gwenodd eto ar Jake. 'Ydi. Mae'n rhaid i mi gyfadda,' medda hi, 'mae fama'n rhagori ar y King's Head!'

'Rhagori? Be mae hynny'n feddwl? Ei fod o'n well? Ta gwaeth?'

Chwerthin wnaeth Nan. 'Y clown!' medda hi. 'Gwell, wrth gwrs!'

'Dwi'm yn dallt Cymraeg crand, sti.'

'Felly, mae hi'n hen bryd i ti ddod yn ôl at dy wreiddia. Ti'm yn meddwl?'

Gwelodd Jake ei bod hi wedi stopio gwenu, rŵan, a'i bod hi o ddifri.

'Be? Dod yn ôl i Pencraig i fyw, wyt ti'n feddwl? Ti'm yn *serious,* rioed?'

'Nacdw, debyg!' medda hitha. 'Wyt ti'n mwynhau byw yn Manceinion 'ta?'

'Ydw . . . a nacdw,' medda fo.

'Ydw a nacdw? Be mae hynny'n feddwl?'

'Wel, dwi'n licio'r gwaith yn iawn . . .'

'Ond ddim y lle?'

'Na, mae'r lle yn iawn hefyd. Mi fydda i'n mynd nôl yno ddydd Sadwrn, beth bynnag.'

'O!' medda hi, a sŵn siom yn ei llais. 'Ro'n i wedi meddwl y basat ti'n aros yn hirach.'

'Mynd yn ôl ar gyfer y gêm ydw i,' medda fo. 'Mi fydda i'n dod nôl yma ddydd Sul, mae'n debyg.'

'O!' medda Nan. 'Ti'm yn swnio'n siŵr iawn.'

'Mae'n dibynnu,' eglurodd Jake. 'Os na fydd y polîs wedi dal y bastad 'ma cyn hynny, yna dod nôl fydd raid i mi, mae'n siŵr. Ond os byddan nhw wedi cael gafael arno fo, wel . . .'

'. . . fyddi di ddim yn dod nôl o gwbwl.'

'Na fydda, beryg,' medda Jake.

'Os felly,' medda Nan, gan drio gneud yn fach o'i siom, 'mi fydd yn rhaid i mi neud yn fawr o heno, yn bydd?'

Aeth Jake yn dawel. Roedd o'n trio dallt ei hymateb hi. Pa mor siomedig fasa hi, tybad, tasa fo ddim yn dod nôl o gwbwl i Pencraig?

Rhaid ei bod hi wedi darllen ei feddwl. 'Pa

gêm wyt ti'n sôn amdani, beth bynnag?' medda hi, er mwyn troi'r stori.

'Man Utd, wrth gwrs, yn erbyn Arsenal! Gêm bwysig i'r ddau dîm!'

'Wrth gwrs!' Roedd ganddi hi rywfaint o ddiddordeb mewn pêl-droed ei hun. 'Dyna'r gêm fydd yn penderfynu pwy fydd yn ennill y bencampwriaeth eleni. Ydw i'n iawn?'

'Wyt, os mai sôn am y *Championship* wyt ti,' medda fo. 'Wedi cael cynnig ticad ydw i,' medda fo wedyn. 'Dau, a deud y gwir! Be am i ti ddod efo fi?'

Cyn i Nan gael ateb, cyrhaeddodd *waiter* bach ifanc, wedi'i wisgo mewn siwt a thei du a chrys claer wyn. 'Ydach chi'n barod i ordro?' gofynnodd yn gwrtais. 'O! Helô miss!' medda fo. 'Wnes i mo'ch nabod chi!'

'Helô, James!' atebodd Nan. 'Wyddwn i ddim dy fod ti'n gweithio yn fama?'

Edrychodd Jake ar y bachgen. Roedd o'n hogyn tal, golygus, ond doedd Jake ddim yn licio'r ffordd roedd o'n craffu ar y cleisia ar ochor gwyneb Nan ac yna'n llygadu ei bronnau hi.

'Rho bum munud arall i ni,' medda fo'n swta wrth yr hogyn. 'Dydan ni ddim wedi penderfynu eto.'

9.40 p.m. yr un noson

Bistro'r Pengwern

RHODDODD NAN Y GWYDRYN gwin gwag yn ôl ar y bwrdd o'i blaen, a rhoi ochenaid fach i awgrymu ei bod hi wedi bwyta mwy na digon.

'Roedd y pryd yn fendigedig, Jake,' medda hi.

'Be? Dim ond y bwyd oedd yn dda?' Roedd o'n swnio fel tasa fo wedi cael ei frifo gan ei geira hi.

'A'r gwin, wrth gwrs! Rhaid peidio anghofio'r gwin.'

'Wrth gwrs!' medda fynta, ac edrych arni eto, fel tasa fo'n disgwyl iddi hi ddeud mwy. 'Fel ti'n deud, roedd y bwyd a'r gwin yn dda.'

Roedd Nan yn gwybod yn iawn be oedd Jake yn ddisgwyl iddi ddeud, ond roedd hi'n benderfynol o dynnu'i goes am chydig eto.

'Roedd y bara garlleg yn fendigedig hefyd,' medda hi. 'Dwi'n falch dy fod titha wedi cymryd peth.'

'O! Pam hynny?'

'Am na fyddi di'n clywad ei ogla fo ar 'y ngwynt i, rŵan.'

'O?'

'Taswn i wedi cael bara garlleg a titha ddim,

yna mi fasa'i ogla fo ar fy ngwynt i'n ddigon i droi arnat ti. Ond am dy fod titha wedi cael peth hefyd, yna mi fydd pob dim yn iawn. Fydd 'run ohonon ni'n clywad ei ogla fo.'

Dechreuodd hi chwerthin rŵan wrth ei weld o mor ddistaw. 'Oedd, roedd y bwyd a'r gwin yn fendigedig,' medda hi, 'ond y cwmni oedd y peth gora un. Wir yr!'

Roedd hi wedi disgwyl iddo fo gael ei blesio gan y geiria, ond roedd ei feddwl o'n bell.

'Deud i mi, Nan!' medda fo mewn sbel. 'Oeddat ti wedi bwyta garlic o gwbwl, dydd Gwenar?'

Edrychodd hi arno fo mewn syndod. 'O'n, mi o'n i,' medda hi o'r diwedd. 'Pam ti'n gofyn?'

'Mi ddeuda i wrthat ti rywbryd eto,' medda fo.

Doedd Nan ddim yn gweld llawer o bwynt mewn mynd ar ôl y peth. 'Gyda llaw,' medda hi. 'Mi ffoniais i dy frawd bora 'ma.'

'O?'

'Roedd o wedi gofyn i mi gysylltu efo fo, taswn i'n cofio rhwbath arall ynglŷn â nos Wener.'

'O? Ac wyt ti wedi cofio rhwbath?'

'Dau beth a deud y gwir. Ond dwn i'm pa mor bwysig ydyn nhw, chwaith.'

'Be felly?' Roedd Jake yn glustia i gyd.

'Ro'n i gwbod mod i wedi clywad ogla arall arno fo. Ogla rwbath heblaw diheintydd . . . *Disinfectant* i chdi!' medda hi efo gwên. 'Ond ro'n i wedi ypsetio cymaint yn yr ysbyty nos Wener, ar ôl be oedd wedi digwydd, fel mod i'n methu meddwl yn glir. Mi ddeudis i wrth Mat y baswn i'n ei ffonio fo taswn i'n digwydd cofio.'

'A ti wedi cofio?'

'Do. Dwi'n ddigon siŵr rŵan mai ogla clorîn oedd o. Pwy bynnag oedd y dyn, roedd o wedi bod mewn pwll nofio, faswn i'n deud.'

Daeth golwg ddryslyd dros wyneb Jake. Fel tasa fo ddim yn dallt ei feddylia'i hun. Fel tasa rhyw syniad oedd ganddo fo wedi cael ei chwalu, mwya sydyn.

'Deud i mi 'ta, Nan,' medda fo. 'Oes 'na bwll nofio yn Ysgol Pencraig?'

'Nag oes,' medda hi, 'ond mae'r ysgol yn cael defnyddio pwll nofio'r dre, bob pnawn dydd Mercher a phnawn dydd Gwener. Pam ti'n holi am yr ysgol, beth bynnag?'

'Cyn i mi ddeud wrthat ti, deud ti be oedd yr ail beth ddaru ti gofio am nos Wener.'

'Cofio rhwbath gafodd ei ddeud, dyna i gyd.'

'Ei ddeud? Gan bwy? Ganddo *fo*?'

'Ia.' Aeth rhai eiliada heibio rŵan cyn iddi fedru mynd ymlaen. *'Dach chi'n gwbod be dwi isho, miss*. Dyna ddeudodd o.'

'*Chi*? Nid *chdi*? Wyt ti'n siŵr mai dyna ddeudodd o?'

'Dwi'n hollol siŵr,' medda Nan. 'Ac mi ddeudodd o rwbath tebyg wedyn hefyd.'

Mewn llais llawer is, rŵan, fel tasa ganddi hi gywilydd deud y geiria, dyma hi'n sibrwd, *'Mae gynnoch chi goesa cryf, miss.'*

'Ac rwyt ti wedi deud hyn i gyd wrth Mat?' gofynnodd Jake.

Nodiodd Nan ei phen yn araf.

10 a.m. y bore wedyn

Pencadlys Heddlu Pencraig

DOEDD MAT DDIM MEWN hwylia da. Roedd o'n sefyll wrth ffenest ei swyddfa pan sylwodd ar fflach arian yn y pellter, a'r Ducati'n gwibio tuag ato. Gwyliodd y beic yn cyrraedd giât y Pencadlys ac yn bancio'n siarp wrth droi i mewn i'r maes parcio.

'Blydi ffŵl!' medda fo wrtho'i hun. 'Mi fyddi di wedi lladd dy hun efo'r beic gwirion 'na! Neu wedi lladd rhywun arall!'

Erbyn i'w frawd ddod i mewn i'r adeilad, roedd Mat yn sefyll yn y coridor yn barod amdano fo.

'Be uffar ti isho bora 'ma?' medda fo'n flin.

'A bora da i chditha hefyd, frawd mawr!' medda Jake yn ôl, efo gwên. 'Meddwl cael gair sydyn efo'r *Detective Chief Inspector*, dyna i gyd. Ond falla 'i fod o'n rhy brysur i siarad efo'i frawd bach?'

'Paid â rwdlan, wir Dduw! Tyrd i mewn i fama, yn lle tynnu sylw atat dy hun.'

Dilynodd Jake ei frawd i mewn i'w swyddfa fach ac aros nes bod Mat wedi cau'r drws tu ôl iddyn nhw.

'Y ci drain diawl!' medda Mat rŵan. 'Lle uffar fuost ti neithiwr?'

'Aros efo ffrind,' medda Jake, mewn llais diniwed. 'Ro'n i wedi ffonio Dad i ddeud bod ei gar o'n saff, ac y baswn i'n mynd â fo nôl iddo fo ben bora heddiw. A dyna dwi wedi'i neud! Felly, be 'di'r broblem?'

'Hy! Pwy oedd y ffrind – dyna faswn i'n licio wbod.'

Gwenodd Jake fel giât rŵan. 'Ti'm yn *jealous*, wyt ti Mat?'

Chwerthin ddaru'r ddau wedyn.

'Yr uffar lwcus!' meddai Mat. '*Anyway*, pam wyt ti yma?'

'Isho trafod y cês efo chdi. Dyna i gyd! A meddwl y medrwn i helpu chydig bach arnat ti.'

'Hy! A sut wnei di hynny, meddat ti?'

'Dwi'n meddwl mod i'n gwbod be 'di'r cysylltiad rhwng pob un o'r merchaid.'

'O?' Roedd Mat yn glustia i gyd rŵan.

'Ysgol Pencraig!' medda Jake.

'Arglwydd mawr!' medda Mat, fel tasa fo'n methu coelio bod ei frawd yn deud peth mor wirion. 'Wyt ti'n dechra colli arni, dywad? Neu falla mai treulio gormod o amsar yng nghwmni athrawon wyt ti.'

Anwybyddu'r jôc ddaru Jake. 'Gwranda!' medda fo, ac eistedd ar gornel desg ei frawd.

'Suzanne Morris oedd y gynta. Trefnydd Gwasanaeth Cinio i ysgolion y sir. Lle oedd hi wedi bod y pnawn hwnnw, cyn mynd i weld ei hen fodryb? . . . Ysgol Pencraig!' medda fo'n syth, yn ateb ei gwestiwn ei hun.

'Catrin Saunders oedd yr ail. Hi ddim mor lwcus â Suzanne. *Old pupil* Ysgol Pencraig, wrth gwrs! Audrey Morris oedd y nesa i gael ei lladd. Hitha hefyd yn *old pupil* Ysgol Pencraig! Janette Tomkins oedd y nesa ar y *list* . . .'

'Hogan o Stoke-on-Trent!' meddai Mat, er mwyn pwysleisio bod dim cysylltiad rhwng honno ac Ysgol Pencraig.

'Falla wir!' medda Jake. 'Ond pwy oedd ei ffrind hi?'

'Anwen Williams!' medda Mat.

'Yn hollol! *Old pupil* arall! A lle oedd y ddwy ohonyn nhw wedi bod y pnawn hwnnw, cyn i Janette gael ei rêpio?'

Gwelodd Jake y cwestiwn yn dod i wynab ei frawd.

'Ddim yn . . .?'

'Ia, ti'n iawn! Yn Ysgol Pencraig! Am fod Anwen isho mynd i weld rhai o'i hen athrawon, ac wedi mynd â Janette Tomkins efo hi.'

'Wyt ti'n siŵr?'

'Janette Tomkins ei hun ddeudodd wrtha i. Medwen Ellis oedd y nesa . . .'

'A!' medda Mat, unwaith eto'n torri ar draws ei frawd. 'Hogan o Borthmadog oedd honno.'

'Ia. A mam ddi-briod i hogan oedd yn rhoi lot o draffarth yn Ysgol Pencraig. Fe gafodd y fam ei galw i mewn fwy nag unwaith i drafod y broblem efo'r prifathro.'

'Wedyn Nan, wrth gwrs!' medda Mat, yn dechra gweld bod gan ei frawd rywfaint o ddadl. 'Hi'n athrawas yn Ysgol Pencraig. Ond beth am Alison Moore, y ddwytha i gael ei lladd? Doedd ganddi hi ddim math o gysylltiad efo Ysgol Pencraig. Doedd hi ddim yn gyn-ddisgybl a doedd ganddi hi ddim plant yn Ysgol Pencraig chwaith.'

'Pwy ydi'r ditectif, sgwn i? Chdi 'ta fi?

Er bod Jake yn gwenu'n llydan wrth ofyn y cwestiwn, doedd Mat ddim yn gweld dim byd yn ddoniol.

'Paid â chwara efo fi, Jake! Be uffar ti'n trio'i ddeud?'

'Be oedd gwaith Alison Moore?'

'Llnau swyddfeydd ac ati. Wedi bod yn llnau swyddfa Edward Jones Twrna oedd hi nos Wenar, jest cyn iddi hi gael ei lladd.'

'Ond be arall oedd hi'n neud, tan yn ddiweddar?'

'Duw a ŵyr! Deud ti!'

'Roedd hi'n un o'r *cleaners* yn Ysgol Pencraig.'

Aeth Mat yn dawel iawn am rai eiliada. 'Hm!' medda fo o'r diwedd. 'Falla bod gen ti bwynt . . . Oes wir,' medda fo wedyn, yn fwy pendant, 'falla bod gen ti bwynt. Mae'n werth edrych i mewn i'r peth, beth bynnag.'

'Wel, dyma i ti chydig o betha eraill i feddwl amdanyn nhw hefyd . . .' medda Jake. 'Yn gynta,' medda fo, 'mae pob un o'r genod lleol – heblaw Nan, wrth gwrs – wedi cael eu lladd. A'r tebyg ydi y basa fo wedi lladd Nan hefyd, tasa fo ddim wedi cael ei styrbio. Ond fe gafodd y ddwy arall fyw. Y ddwy sydd ddim yn byw yn Pencraig. Pam, medda chdi?'

Gwelodd Mat be oedd ym meddwl ei frawd. 'Roedd gynno fo ofn i'r genod lleol ei nabod o wedyn, rywsut neu'i gilydd. Ond bod dim peryg i'r ddwy arall fedru gneud hynny?'

'Yn hollol. Ti'n cytuno?'

'Mae'r peth yn bosib, am wn i. A be 'di dy ail bwynt di?'

'Pam ddaru Nan dy ffonio di bora ddoe?'

'Fasat ti ddim yn gofyn oni bai dy fod ti'n gwbod yn barod,' meddai Mat yn ddiamynedd.

'I sôn am yr ogla *chlorine* yn un peth. Ac i ailadrodd be ddeudodd y llofrudd wrthi hi. *Dach chi'n gwbod be dwi isho, miss.* Ac wedyn, *Mae gynnoch chi goesa cry, miss.* Y gair *miss*, ddwy waith!'

'Dwi'n gwbod be ti'n mynd i ddeud, Jake. Ond dwi gam neu ddau ar y blaen i ti, dwi'n meddwl. Dwi wedi ffonio'r ysgol am restr o enwau pob bachgen dros 15 oed. Dwi hefyd wedi gofyn am enwau pob bachgen sydd wedi gadael yr ysgol yn ystod y pum mlynadd dwytha.'

'Da iawn,' medda Jake. 'Felly ti *yn* derbyn bod 'na gysylltiad efo Ysgol Pencraig.'

'Ydw, rŵan.'

'A be am y *teachers*? Y dynion ar y staff?'

'Dwi wedi holi rhai ohonyn nhw o'r blaen. Ond ddim fel *suspects*! Dwi'n mynd yn ôl i'r ysgol bora 'ma eto. Dwi wedi trefnu i gael gair efo'r Prifathro mewn . . .' Edrychodd ar ei wats. '. . . mewn 40 munud.'

'O! Da iawn! Ga i ddod efo chdi?'

Chwerthin wnaeth Mat. 'Callia, wir Dduw! Fedra i ddim cerddad i mewn i fan'no efo riportar o'r *Sunday News* wrth fy nghwt i.'

'Ocê 'ta!' medda Jake. 'Wela i di nes mlaen!'

11.15 a.m. yr un bore

Stryd y Bryn, Pencraig

ERS AWR, ROEDD O wedi bod wrthi'n brysur yn torri ac yn gwnïo. Cyn hynny, roedd o wedi bod yn chwilota yng ngwaelod y cwpwrdd dillad ac wedi dod o hyd i hen ofarôl las tywyll ac wedi penderfynu y basa honno'n gneud y tro'n iawn.

Be oedd wedi ei synnu fo, yn fwy na dim, oedd bod isho cymaint o stwff i neud masg iddo fo'i hun. Problem fawr arall, ar ôl torri'r defnydd, oedd ei wnïo fo at ei gilydd. Roedd o'n cael andros o job i wthio'r nodwydd drwy'r defnydd caled. Ond roedd o'n dod i ben â hi'n ara bach.

'Sgwn i be fyddan nhw'n fy ngalw fi wedyn?' medda fo wrtho'i hun. Meddwl am liw y masg oedd o. '*The Navy Blue Rapist,* falla!' Ond doedd y jôc ddim yn gneud iddo fo wenu. Roedd yn gas ganddo fo'r gair *rapist.* Roedd yn gas ganddo fo'r petha drwg roedd o wedi neud. 'Arnat ti mae'r bai, Kitty!' medda fo'n uchel, nes bod ei lais yn llenwi'r stafell wag. 'Arnat ti mae'r bai i gyd!'

Cododd a mynd i sefyll at y ffenest. Dros y

ffordd i'w dŷ roedd cae chwarae Ysgol Pencraig, ac adeilad yr ysgol ei hun tu draw i hwnnw.

Roedd o wedi gwylio'r ysgol eto heddiw, o chwarter wedi wyth tan bum munud i naw. Roedd o wedi gweld y plant i gyd yn cyrraedd fesul tipyn. Roedd o hefyd wedi gwylio pob un o'r athrawon yn dod i'w gwaith. Rhai ohonyn nhw'n cyrraedd yn gynnar iawn, rhai eraill ar y funud olaf.

Oedd, roedd Nan Vaughan wedi dod i'w gwaith eto heddiw ac, mewn ffordd, roedd o'n falch o hynny. Yn falch ei bod hi'n iawn. Ond roedd o'n poeni hefyd. Yn poeni y gallai hi fod wedi nabod ei lais o. Roedd o wedi trio newid ei lais, wrth gwrs, wrth siarad efo hi. Ond falla na ddaru o ddim trio'n ddigon caled. Wedi'r cyfan, doedd o ddim wedi bwriadu iddi hi gael byw!

A be am y dyn papur newydd 'na? Y boi efo'r dillad lledr a'r gwallt hir? Boi y Ducati a'r Mondeo! Roedd hwnnw yn ei chwmni hi neithiwr! Ers faint oedd hi'n nabod hwnnw? Lle oedd o'n ffitio i mewn i betha?

Roedd pob math o gwestiyna'n mynd trwy'i feddwl wrth iddo fo syllu draw at yr ysgol.

Yn sydyn, daeth sŵn fel sŵn cacwn i'w glustia a'r eiliad nesa aeth fflach lachar heibio'i ffenest ac anelu am brif fynedfa'r ysgol. '*Talk of the devil!*' medda fo wrtho'i hun, wrth nabod y Ducati. 'Be ddiawl mae hwnna isho yn yr ysgol?'

Mwya'n byd roedd o'n meddwl am y peth, mwya'n byd roedd o'n poeni. Faint o fygythiad oedd y riportar, tybad? Be, er enghraifft, oedd o'n neud yng nghwmni Nan Vaughan neithiwr? Pam roedd o wedi dod i'r ysgol bora 'ma? Os ydi o'n gwthio'i drwyn i mewn i musnas i, meddyliodd, yna fydd gen i ddim dewis ond delio efo fo hefyd.

Roedd o ar fin troi nôl at ei waith gwnïo, pan ddaeth car yr heddlu i'r golwg rownd y tro yng ngwaelod y ffordd. Gwyliodd ef yn dod yn nes ac yn arafu a theimlodd ei galon yn dechra pwmpio'n galed yn ei frest. Oedden nhw wedi dod i'w arestio fo?

Ond arafu roedd y car er mwyn troi i mewn trwy giatia'r ysgol.

11.25 a.m.

Ysgol Pencraig

FEL ROEDD MAT FRANCIS yn cerdded i mewn i gyntedd yr ysgol, efo dau dditectif-gwnstabl wrth ei gwt, fe stopiodd yn stond. Roedd o'n methu credu'i lygaid ei hun. Yn methu credu pwy oedd wedi cyrraedd yno o'i flaen. Jake! Yn ei ddillad lledr du, ei helmed yn ei law, a'i wallt hir yn sgrechian am grib! Yn sgwrsio'n braf efo'r dirprwy brifathro!

'A! Mathew Francis!' meddai'r Dirprwy, gan ddal ei law allan i gael ei hysgwyd. 'Mae'n dda gweld y ddau frawd yn ôl efo ni. Roedd Jack yn deud dy fod ti ar dy ffordd yma.'

Gwgu wnaeth Mat ar ei frawd. A gwenu'n ddiniwed wnaeth Jake yn ôl.

'Mae Mr Phillips yn garedig iawn yn gadael i mi gael golwg o gwmpas fy hen ysgol,' meddai'r brawd iau. 'Dydw i ddim wedi gweld yr hen le annwyl 'ma ers i mi adael, ddeuddeng mlynadd yn ôl.'

Er ei fod o'n flin efo'i frawd, methu peidio gwenu wnaeth Mat rŵan. *'Hen le annwyl*? Arglwydd mawr! Be nesa?' medda fo wrtho'i hun. Roedd Jake wedi gadael yr *hen le annwyl* ar y cyfla cynta posib!

'Ti'n cofio Mr Phillips yn dwyt, Mat? Mr Phillips, ein *teacher* Physics ni ers talwm! Fo ydi'r *Deputy Head* yma rŵan, sti.'

'Dwi wedi bod yn cael gair efo Mr Phillips cyn rŵan, i ti gael gwbod,' meddai Mat yn sych.

Ar y gair, pwy gyrhaeddodd ond y Prifathro.

'A! Dyma fo Mr Gwynn yn cyrraedd!' meddai'r Dirprwy.

Wrth iddyn nhw gyfarch ei gilydd, sylwodd Jake mor fawr oedd llaw y prifathro, ac mor galed oedd y croen arni. 'Dyn sydd wedi gneud tipyn o waith caib a rhaw,' medda fo wrtho'i hun.

'Mae'n ddrwg gen i, ond dwi'n hwyr fy hun bora 'ma,' medda Mr Gwynn. 'Fe ges i fy nal yn ôl.'

'*Hundred lines*, felly!' medda Jake, ond ddaru neb arall wenu.

'Fyddai'n bosib i ni siarad yn eich stafall chi, Mr Gwynn?' holodd Mat. 'Fe gawn ni lonydd yn fanno, dwi'n siŵr!' Roedd o'n edrych ar ei frawd wrth ddeud y geiria ola.

Wedi i'r drws gau tu ôl iddyn nhw, aeth Mr Phillips i ofyn i un o'r athrawesau fynd â Jake o gwmpas yr ysgol

Un fechan, barod iawn i siarad ac i hel clecs, oedd Miss Hughes, ac roedd hynny'n siwtio

Jake i'r dim. Roedd hi'n fwy na pharod i ateb pob un o'i gwestiyna wrth iddyn nhw grwydro o le i le. Cafodd glywed ganddi bod 38 o athrawon yno i gyd ond mai dim ond 12 ohonyn nhw oedd yn ddynion. Roedd tri o'r deuddeg bron â chyrraedd oed riteirio, ac allan o'r naw arall, dim ond pedwar oedd yn byw yn lleol. Roedd y lleill i gyd yn teithio deg milltir neu ragor i'w gwaith bob dydd.

'Tewch â deud!' medda Jake yn ddiniwed wrthi, fel tasa fo'n rhyfeddu clywed y fath beth. 'Rhaid bod petha wedi newid yn ofnadwy er pan o'n i yn yr ysgol, ers talwm. Pwy ydi'r pedwar, felly?'

'Edwin Williams yr athro Hanes, Frank Harris yr athro Celf, Martin Cole, athro Ymarfer Corff y bechgyn, a'r Prifathro ei hun, wrth gwrs.'

'Dwi'n cofio Mr Harris. Roedd o yma pan o'n i yn yr ysgol, ers talwm. Mae o'n gloff iawn yn tydi?'

'Ydi, ac yn diodda'n ofnadwy efo crydcymala erbyn rŵan. Bechod!'

'A dwi newydd gwarfod y prifathro. Tydi o'n ddyn mawr, deudwch?' Gwnaeth Jake sŵn chwerthin bach yn ei wddw. 'Dydi *o* ddim yn cael traffarth efo *discipline,* dwi'n siŵr.'

'Na. Mae Mr Gwynn yn ddisgyblwr da.'

'Mae gynno fo blant ei hun, debyg?'

'Ddim i mi wbod, beth bynnag!' medda hi gan chwerthin. Ac yna, yn fwy cyfrinachol, 'Dydi o ddim wedi priodi, dach chi'n dallt.'

'Fedrwch chi byth ddeud!' medda Jake, a gneud iddi hi chwerthin yn uwch rŵan.

'Mae o'n rêl hen lanc, a deud y gwir. Wyddoch chi ei fod o'n mynd adra bob dydd i neud ei ginio, yn hytrach na chymryd cinio ysgol? Roedd o wedi bwriadu priodi, meddan nhw i mi, ond bod ei gariad o wedi gneud tro sâl efo fo, a mynd *off* efo rhyw ddyn arall. Bechod! Ond *Nhw* sy'n deud, cofiwch! Nid fi! Mab ffarm ydi Mr Gwynn, wyddoch chi.'

Ond roedd Jake wedi clywed digon am y prifathro. 'Mi ddaru chi enwi dau arall sy'n byw'n lleol,' medda fo. 'Ers faint maen nhw yma?'

'Edwin Williams ydi'r aelod ienga ar y staff,' medda hi. 'Ar ei flwyddyn gynta mae *o*. Syth o'r coleg. Aros mewn lojin yn ystod yr wythnos, a mynd adra i Gaernarfon dros y Sul! Ond roedd Martin Cole yma o mlaen i. Mae o'n sâl yr wythnos yma. Ffliw neu rwbath, dwi'n tybio.'

'Dwi'n cofio mai rhyw gradur bach digon eiddil oedd yr athro *Games* pan o'n i yn yr ysgol ers stalwm. Sut un ydi Martin Cole?'

'Tipyn o hync!' meddai'r athrawes fach, a giglan yn syth wedyn.

'Mwy na fi?' Roedd Jake yn gwybod ei fod o'n gwenu'n wirion wrth ofyn y cwestiwn.

Aeth hi'n swil am eiliad, fel tasa hi ddim yn siŵr be i ddeud. 'Mae o rywfaint talach na chi, beth bynnag,' medda hi.

'Ond ddim mor *handsome,* dwi'n siŵr!' medda Jake yn syth, a chwerthin er mwyn gneud jôc o'r peth. 'Ydi o'n un am y merchaid?'

Gwelodd ei bod hi wedi gwrido. 'Mae o'n briod,' medda hi. 'Ond dwn i ddim sut fywyd sy rhyngddyn nhw, cofiwch. Mae hi i ffwrdd yn amlach nag mae hi adra, meddan nhw. Ond peidiwch â deud mod i'n deud, chwaith!'

'Dim gair!' medda Jake. 'Gyda llaw, dwi'n dallt bod y plant yn cael gwersi nofio yma rŵan?'

'Ydyn, bob wsnos. Ym mhwll nofio'r dre. Genod bob pnawn dydd Mercher, hogia ar bnawn dydd Gwener.'

'Wel da iawn, ddeuda i! A pwy sy'n mynd efo nhw?'

'Yr athrawon Ymarfer Corff, wrth gwrs. Nan Vaughan efo'r merchaid, Martin Cole efo'r hogia.'

'Oes 'na ddynion eraill yn gweithio yma?

Yn yr ysgol, dwi'n feddwl. Hynny ydi, rhai sy ddim yn athrawon.'

'Staff atodol 'dach chi'n feddwl, ia?'

'Wel ia, am wn i.' *Atodol?* Doedd o rioed wedi clywed y gair o'r blaen.

'Neb ond Twm Foulkes y gofalwr.'

'O? Doedd hwnnw ddim yma chwaith pan o'n i yn yr ysgol, stalwm. Yr hen Wil El oedd y *caretaker* amsar hynny. Tipyn o gês! Ac un da am ddeud jôc! Sut un ydi hwn?'

'Hollol wahanol! Distaw ydi Twm Foulkes. Swil iawn. Dydan ni ddim yn gweld llawar iawn arno fo, a deud y gwir. Mae o'n cadw iddo fo'i hun yn ofnadwy, yn enwedig ar ôl i'w wraig ei adael o. Ond mae'n rhaid i mi ddeud un peth am Twm Foulkes – mae o'n gneud ei waith yn drylwyr iawn.'

'O!' *Trylwyr*! Gair newydd arall! 'Sut mae o'n gneud efo'r plant, 'ta? Dwi'n cofio bod yr hen Wil El yn cael ei herian yn ofnadwy gan rai o'r hogia mawr.'

'Mae Twm Foulkes yn ddigon mawr i godi ofn hyd yn oed ar yr hogia mwya,' medda hi. 'Ond mae ynta adra'n sâl yr wythnos yma, hefyd. Dyna sy'n egluro'r llanast 'ma.'

Erbyn rŵan, roedden nhw nôl yn y cyntedd, ac roedd yr athrawes fach yn pwyntio at bentwr uchel o focsys mewn un gornel.

'JEYES FLUID, RONSEAL VARNISH, JOHNSON'S BLEACH . . .' Roedd Jake yn darllen yn uchel be oedd ym mhob bocs.

Roedd yno hefyd ddau fwced newydd sbon a dau frwsh bras.

'Stwff i'r glanhawyr ac i staff y gegin,' eglurodd Miss Hughes. 'Mae'r rhain i gyd wedi cyrraedd ers bora ddoe, ac mae'n beryg mai yma y byddan nhw nes i Twm Foulkes ddod nôl. Ei waith o ydi'u symud nhw, dach chi'n dallt.'

'Diddorol iawn!' medda Jake. 'Wel! Does gen i ond diolch i chi am y *guided tour.*'

'Croeso! Brysiwch yma eto!' medda hitha.

Roedd Jake wedi hen adael Ysgol Pencraig cyn i Mat ddod allan o stafell y Prifathro.

Dwyawr yn ddiweddarach

Stryd y Bryn

Ar ôl cinio cynnar, ffoniodd Jake Ysgol Pencraig a gofyn i'r ysgrifenyddes am gyfeiriadau Martin Cole, yr athro Ymarfer Corff, a Twm Foulkes y gofalwr. Yna, cyn iddi hi gael cyfle i wrthod oherwydd polisi ysgol ynglŷn â phetha felly, dyma fo'n egluro iddi mai riportar i'r *Sunday News* oedd o, a'i fod o isho sgwennu erthygl am yr ysgol.

'Isho dangos ydw i, dach chi'n dallt,' medda fo'n gyflym ac yn gelwyddog, 'gymaint gwell ydi addysg yn ysgolion Cymru, ac yn arbennig mewn ysgolion dwyieithog fel Ysgol Pencraig. Fe welsoch chi fi'n cael gair efo Mr Gwynn bora 'ma, dwi'n siŵr? Be dwi isho neud ydi holi rhai o'r athrawon lleol, a rhai o'r disgyblion a chyn-ddisgyblion. A'u rhieni nhw hefyd, wrth gwrs! Ac er mwyn cael barn rhywun mwy . . . ym . . . *objective* . . .'

'Gwrthrychol,' medda hitha.

'Yn hollol! . . . Mwy gwrthrychol! Rhyw feddwl o'n i y basa'n werth cael barn rhywun fel y *caretaker*. Ac ro'n i hefyd yn gobeithio cael sgwrs efo chitha, fel ysgrifenyddes. Be dach chi'n feddwl?'

Roedd hi'n ddigon parod i roi'r cyfeiriadau iddo fo, wedyn.

'Fydd dim rhaid i chi chwilio'n bell na cherddad llawar,' medda hi. 'Mae Mr Cole a Thomas Foulkes . . . a'r Prifathro hefyd, o ran hynny . . . i gyd yn byw ar Stryd y Bryn . . . y stryd sy'n union gyferbyn â'r ysgol. Mae'r tri yn byw o fewn chydig dai i'w gilydd.'

'Tewch â deud!' medda Jake. 'Hwylus iawn!' medda fo wedyn, wrth roi'r ffôn yn ôl yn ei grud.

* * *

'Ia?' *Be ti isho?* oedd y cwestiwn ar ei gwynab hi.

'Pnawn da. Fama mae Mr Cole . . . Mr Martin Cole . . . yn byw?'

'Ia?' Ei gwyneb blin hi eto'n deud *Ia, ond be ti isho?*

'Jack Francis, *Sunday News,*' medda Jake yn bwysig, a dal ei gerdyn *PRESS* o dan ei thrwyn hi. 'Gobeithio cael gair efo Mr Cole o'n i.'

'Gair am be, 'lly?'

Hen hogan galad, medda Jake wrtho'i hun. Mi fedra i gredu bod petha ddim yn dda rhyngddi hi a'i gŵr. Faswn *i* ddim yn licio bod yn ŵr i'r sguthan yma, beth bynnag.

'Dwi wrthi'n paratoi erthygl ar addysg Gymraeg, ac yn edrych ar y problema sy'n codi o fewn y gwahanol bynciau. Meddwl cael barn Mr Cole oeddwn i, ar ddysgu Ymarfer Corff trwy'r iaith Gymraeg.'

'Mae o yn ei wely!' medda hi'n ddiamynedd, a sbio i fyny tua'r llofft. 'Ffliw. Tyrd nôl yma pan fydd o'n well.'

'O! Mae'n ddrwg gen i glywad,' medda Jake, ond heb ei feddwl o. 'Ydi o wedi bod yn cwyno'n hir?'

'Digon hir!' medda hi'n sych. 'Mae o yn ei wely ers dydd Sadwrn.'

Cafodd y drws ei gau yng ngwyneb Jake, cyn iddo fo gael cyfle i holi rhagor.

* * *

Daliodd ei fys yn hirach ar y gloch y tro yma. Roedd o wedi pwyso ddwywaith yn barod a heb gael ateb. Os oedd y *caretaker* adre'n sâl o'i waith, yna rhaid ei fod o yn y tŷ. Felly, pam nad oedd o'n atab y drws?

Pwysodd eto, a chnocio hefyd y tro yma.

O'r diwedd, dyma fo'n clywed llais gwan o ochor arall y drws. 'Ocê, ocê! Dwi'n dod!' Yna sŵn y clo'n cael ei agor.

Jake gafodd ei synnu fwyaf. 'O! *Chi* ydi Twm Foulkes!'

Deud yn fwy na gofyn roedd o, oherwydd roedd o'n nabod gwyneb y dyn, er fod hwnnw'n dal hances waedlyd dros ei drwyn. Ond gwaed wedi hen sychu oedd o, sylwodd Jake.

''Dan ni wedi cwarfod yn barod,' medda fo wedyn. 'Yn y King's Head, neithiwr. Ond wyddwn i ddim tan rŵan mai chi ydi *caretaker* yr ysgol.'

'Be dach chi isho? Dwi wedi gorfod codi o ngwely i atab y drws 'ma.' Roedd llais y dyn mawr yn gwynfannus.

'O! Mae'n ddrwg gen i. Dim byd rhy boenus, gobeithio?' medda Jake, yn smalio consýrn, a sbio fel tasa fo'n disgwyl i'r dyn egluro be oedd yn bod arno fo.

'Gwaedlyn drwg!' medda hwnnw. 'Colli lot fawr o waed,' medda fo wedyn. 'Dyna pam mod i'n gorwadd ar fy ngwely. A dyna pam 'mod i ddim isho codi i atab y drws.'

'O! Mae'n ddrwg gen i!' medda Jake am yr ail waith, ond heb ei feddwl o y tro yma chwaith. 'Yn y sbyty ddyliach chi fod. Pryd gawsoch chi'r gwaedlyn, felly?'

Edrychodd Twm Foulkes yn graff arno fo. 'Be ti isho?' gofynnodd, a'i gneud hi'n berffaith glir nad oedd o'n mynd i ateb cwestiwn arall. Roedd *chi* wedi mynd yn *ti*, mwya sydyn, ac roedd sŵn mwy blin yn llais y dyn.

'Isho gair, dyna i gyd,' eglurodd Jake, yr un mor swta. 'Newydd fod yn yr ysgol dw i, ac roeddan nhw'n deud yn fanno dy fod ti'n sâl ddoe hefyd. A deud y gwir, doeddat ti ddim yn edrych yn rhy dda neithiwr, yn y King's Head.'

'Ym! Mi ddaru 'nhrwyn i stopio gwaedu tua pedwar o'r gloch pnawn ddoe, ac mi fentrais allan i nôl swpar.' Roedd y dyn mawr yn swnio'n euog am ei fod o wedi cael ei weld mewn tafarn, a fynta adra o'i waith. 'Ond mi ddechreuodd waedu wedyn, rywbryd yn ystod y nos.'

'O! Deud ti!' Roedd Jake yn cofio fel roedd y dyn mawr wedi cadw'i ben i lawr yn ystod y sgwrs rhyngddyn nhw yn y dafarn. Oedd o'n trio cuddio rhwbath, tybad, meddyliodd. Oedd o'n trio cuddio trwyn coch poenus ar ôl *head-butt* Nan?

Roedd Twm Foulkes yn ddigon craff i sylwi bod min ar lais Jake hefyd, erbyn rŵan, a'i fod o wedi dechra deud *ti* yn ôl wrtho.

'Gwranda!' medda fo, yn dal i siarad trwy'i hances waedlyd. 'Dwn i ddim pam ti yma, ond fedra i ddim dal pen rheswm efo chdi ar ben drws fel hyn. Mi fasa'n well i ti fynd i boeni rhywun arall, dwi'n meddwl!'

Ac am yr ail waith, o fewn ychydig funuda, fe gafodd drws arall ei gau yng ngwyneb Jake.

'Arglwydd mawr!' meddyliodd. 'Ydi pobol y rhes 'ma i gyd mor glên â'r ddau yma, tybad?'

Min nos, yr un diwrnod

Stad Creigiau Canol

'DWI'N PICIO I GWM LLAN,' medda Jake. 'Mi fydda i nôl cyn . . .' Edrychodd ar ei wats. '. . . cyn hannar awr wedi wyth. Dwi jest isho trafod rhwbath efo Mat.'

'Mae gofyn i ti frysio, 'ta,' medda Nan Vaughan, hitha hefyd yn edrych ar y wats ar ei braich. 'Mae hi rŵan yn chwartar wedi chwech. Tria fod nôl cyn iddi dywyllu.'

'Mi fydda i. Paid ti â phoeni!'

Ar ôl be ddigwyddodd iddi nos Wener, doedd Nan ddim yn hapus bod yn y tŷ ar ei phen ei hun. Ac roedd Jake yn gwybod hynny.

'Ti'n gaddo?'

'Gaddo!' medda fo. 'Yn enwedig os wyt ti'n cynnig noson arall 'run fath â neithiwr.' Edrychodd yn nwydus arni hi, o'i bronnau i lawr i'w choesa siapus, er mwyn dangos be oedd ganddo fo mewn golwg.

'Gaddo!' medda hitha dan chwerthin. 'Ond os na fyddi di yma erbyn hannar awr wedi wyth, wel cysgu ar garrag y drws fyddi di, cofia.'

'Tyrd yma!' medda fo, a'i thynnu hi i'w freichia. Yna, lithrodd ei ddwylo i lawr nes eu bod nhw'n cwpanu bochau ei phen ôl. 'Wyst ti be?' medda fo, a'i lygaid yn llawn direidi. 'Does dim rhaid i mi fynd o gwbwl. Neith fory'r tro!'

Gwthiodd Nan fo i ffwrdd, a chwerthin. Roedd hi wedi'i deimlo fo'n cynhyrfu yn ei herbyn. 'Dos i Gwm Llan. Ond cofia be dwi wedi addo! A chofia be fydd yn digwydd os byddi di'n hwyr!'

Hanner awr yn ddiweddarach

Cartref rhieni Mat a Jake yn Cwm Llan

'GAD I MI DY ddallt di'n iawn . . .'

Roedd y ddau frawd yn eistedd yn gwynebu'i gilydd yn y *conservatory* yn Cwm Llan. Mat oedd yn siarad ac roedd sŵn-methu-credu yn ei lais.

'. . . Ti isho i mi neud profion DNA ar Martin Cole yr athro Ymarfer Corff, ar Twm Foulkes y gofalwr . . . *ac* ar Mr Gwynn y prifathro? Ti'n jocian!'

Ond doedd Jake ddim yn chwerthin. 'Ac ar Jonjo hefyd, tra wyt ti wrthi!' medda fo. 'Faswn i ddim yn trystio'r basdad hwnnw ddim pellach nag y medrwn i 'i daflu fo.'

'Anghofia Jonjo!' medda Mat. 'Mae hwnnw'n un o'r 127 sydd wedi cael eu testio'n barod. Ac mae o'n glir. Ond uffar dân, Jake! Y prifathro? Dwyt ti rioed o ddifri?'

'Pam lai? Mae o'n fawr. Ac mae o'n gry! Ac mae o'n byw ar ei ben ei hun. Wyt ti'm yn meddwl ei fod o'n bosibilrwydd?'

'Arglwydd mawr, nac'dw!'

'Oes gynno fo *alibi* 'ta?'

'Be wn i? Dydw i ddim wedi gofyn iddo fo.'

'Wel, ti'm yn meddwl y dyliat ti?'

Aeth Mat yn ddistaw wrth styried cwestiwn ei frawd. Roedd y boss wedi bod yn cyfarth ar y ffôn eto heddiw ac yn bygwth tân os na fasa rhywun yn cael ei arestio'n fuan. Ac roedd y Wasg fel pla o gacwn, isho gwybod be oedd yn mynd ymlaen, a be oedd yr heddlu'n neud heblaw eistedd ar eu tina'n yfed te.

'Mi wna i feddwl am y peth,' medda fo.

'Wel, paid â meddwl yn rhy hir, wir Dduw,' medda Jake, 'neu mi fydd o wedi lladd rhywun arall yn y cyfamsar.'

'A deud y gwir wrthat ti, ro'n i wedi bod yn styried Twm Foulkes fy hun. Roedd o yn y King's Head pan gafodd Audrey Thomas ei lladd, a phan gafodd Janette Tomkins ei rêpio.'

'O!' medda Jake. 'Roeddat ti'n gwbod hynny, 'lly!'

'Wrth gwrs mod i'n gwbod! Be uffar ti'n feddwl ydw i? Ditectif drama?'

'Wyt ti'n bwriadu rhoi test DNA iddo fo, 'ta?'

'Matar i mi fydd hynny, Jake! Rhaid i ti gofio bod 'na 15,000 o bobol yn byw yn y dre 'ma a bod dros 6,000 ohonyn nhw'n ddynion. Fedra i ddim testio DNA pob un ohonyn nhw, siŵr Dduw! A rhaid i ti gofio hefyd mai dim ond ers nos Wener 'dan ni wedi gweld unrhyw gysylltiad pendant efo Ysgol Pencraig. Felly, rho amsar i mi!' Edrychodd yn graff ar ei frawd. 'Ond tasat *ti*'n gorfod rhoi dy ben ar y bloc, Jake, pwy fasat *ti*'n ddewis?'

Edrychodd Jake yn hir ar ei frawd, cyn ateb. 'Martin Cole, dwi'n meddwl.'

'Pam?'

'Mae o'n ddigon tebol. Mae o'n byw yn lleol. Fe gafodd gyfla i nabod pob un o'r merchaid, naill ai am eu bod nhw'n *old pupils* neu am eu bod nhw wedi ymweld â'r ysgol. Ac roedd o'n nabod Nan yn iawn. Ei nabod hi'n well na neb arall ar y staff, o bosib! Wedi'r cyfan, mae'r ddau yn cydweithio bob dydd.'

'Ond fasa fo byth yn siarad fel'na efo hi! Fasa fo byth yn deud *chi* a *miss* wrthi hi.'

'Pwy ŵyr?' medda Jake. 'Falla mai tric oedd o? Rhyw fath o *disguise,* os lici di.'

Ysgwyd ei ben wnaeth Mat.

'A dyma i ti ddadl arall,' medda Jake. 'Mae Martin Cole yn treulio pob pnawn dydd Gwenar yn y pwll nofio. Ti'n cofio be ddeudodd Nan am yr ogla *chlorine*?'

'Ydw,' medda Mat. 'Ond be am yr ogla garlic? Ydi Martin Cole yn licio garlic? Ac ydi o'n handlo *disinfectant*?'

'Fedra i ddim deud,' medda Jake. 'Dydw i rioed wedi cwarfod y boi.'

'Ond mae Twm Foulkes wrth ei fodd efo garlic!'

'O?' Roedd y wybodaeth yma yn newydd i Jake! 'Sut ti'n gwbod?

Rhyw wenu'n hunan-fodlon wnaeth Mat, rŵan, fel tasa fo'n cael hwyl am ben ei frawd. 'Ti'n ffansïo dy hun fel dipyn o dditectif,' medda fo'n goeglyd. 'A ti wedi gweld Twm Foulkes yn y King's Head fwy nag unwaith, medda chdi?'

'*So?*'

'*So,*' medda Mat, yn dynwared Saesneg ei frawd, 'mae'n siŵr dy fod ti'n gwbod, felly, be mae'r landlord yn ei alw fo.'

'Ydw,' medda Jake. 'Mr Kiev!'

'Ia. Neu, i fod yn fwy manwl, Mr Chicken Kiev!'

'O? Oes 'na reswm pam?'

'Wel oes! Rheswm da! Ti'n gwbod mai yn y King's Head mae Twm Foulkes yn cael ei swpar ar bob noson waith?'

'Ydw.'

'A ti'n gwbod mai fan'no mae o'n cael ei ginio ar ddydd Sadwrn a dydd Sul?'

'Ydw.'

'Geshia be mae Twm Foulkes yn ordro bob tro, yn ddi-ffael.'

'*Chicken Kiev?*'

'Yn hollol!'

'*So?*' Roedd Jake yn dal yn y niwl.

Edrychodd Mat yn syn ar ei frawd, a deud dim am chydig eiliada. 'Wyt ti'n gwbod be ydi *chicken Kiev*, Jake?'

'Sut gythral wn i? *Chicken* o Russia, falla?'

'Cyw iar wedi'i gwcio mewn garlic! Dyna be 'di *chicken Kiev*! Felly, pwy ddylwn i arestio, medda chdi? Twm Foulkes ta Martin Cole? Yr un sy'n drewi o garlic, 'ta'r un sy'n drewi o *chlorine*?'

Oedd, roedd Mat yn medru bod mor goeglyd â'i frawd.

'A be am yr ogla *disinfectant*?' medda fo wedyn. 'Oes gen ti rwbath i gysylltu dy *suspect* di efo'r ogla hwnnw?'

'Ddim eto,' medda Jake, braidd yn bwdlyd.

Ond roedd Mat yn dal i wenu. 'Ddaru ti sylwi ar rwbath pan oeddat ti yn Ysgol Pencraig, bora 'ma?'

'Fel be, 'lly?' medda Jake.

'Bocsys o stwff glanhau a phetha felly?'

'*So?*'

'Welist ti be oedd cynnwys un o'r bocsys? Jeyes Fluid! *Disinfectant* ydi hwnnw, ia ddim?'

'Hm!' medda Jake. 'Ti am arestio Twm Foulkes, felly?'

'Biti na fasa petha mor hawdd â hynny, 'nde?' medda Mat.

7.15 p.m.

Cilfan rhwng Pencraig a Cwm Llan

AR EI FFORDD I FYNY i Gwm Llan, doedd Jake ddim wedi sylwi ar yr hen Daihatsu 4 x 4, P Reg, oedd yn trio'i ddilyn. Yn fuan iawn, roedd y beic pwerus wedi gadael hwnnw'n bell ar ôl. Ond, ymhen hir a hwyr, roedd y 4 x 4 wedi cyrraedd Cwm Llan, ac roedd y dreifar wedi gyrru'n araf o gwmpas y pentre nes ffeindio'r tŷ efo'r Ducati 999 wedi'i barcio tu allan.

Roedd awr a hanner ers hynny ac erbyn rŵan, roedd y Daihatsu'n aros mewn *lay-by* ar y ffordd gul rhwng Cwm Llan a Pencraig. Roedd o'n gwynebu'n ôl at y pentre, heb ddim golau o gwbwl arno.

Roedd y gyrrwr wedi dewis ei le'n ofalus. O'i flaen, roedd tua chwarter milltir o ffordd weddol syth. Mi fydda fo'n gallu gweld golau'r Ducati yn dod o bell drwy'r niwl.

'Jest gobeithio bod y riportar diawl yn bwriadu mynd nôl i Pencraig heno, i rannu gwely efo'r slwtan 'na!' medda fo wrtho'i hun, yn chwerw. 'Ond chyrhaeddith o ddim – mi wna i'n siŵr o hynny!'

Ffordd ddistaw iawn oedd y ffordd rhwng Pencraig a Cwm Llan. Mewn awr a hanner, dim ond dau gar oedd wedi pasio. Roedd hi hefyd yn ffordd gul iawn, efo gwrychoedd o goed drain yn cau amdani.

Oherwydd y niwl a'r glaw mân, roedd y nos wedi cau i mewn yn gynt nag arfer. Arwydd da fod pob dim yn gweithio o'i blaid!

Edrychodd ar ei wats. Hanner awr wedi saith.

8.05 p.m.

Y ffordd rhwng Cwm Llan a Pencraig

'FYDD HI'N IAWN I MI gael benthyg y Mondeo dydd Sadwrn, Dad, i fynd i Manchester?'

'Dim problem, machgan i! Fydd dy fam a finna mo'i angan o.'

'Mi fyddi di'n saffach mewn car iawn nag ar yr hen fotobeic gwirion 'na.'

'Os dach chi'n deud, Mam!' medda Jake, a wincio ar ei dad a'i frawd. 'Ond mae gen i ofn y bydd raid i'r beic neud y tro am heno.'

Am fod y sgwrs efo Mat yn dal i fynd rownd a rownd yn ei ben, roedd Jake yn cymryd mwy o bwyll nag arfer ar ei ffordd yn ôl i Pencraig. A da hynny, oherwydd fe ddaeth y 4 x 4 yn syth amdano fo allan o'r tywyllwch, heb unrhyw fath o olau na rhybudd. Rhwng y niwl a'r glaw a chysgodion du y ddau wrych, welodd Jake mohono fo nes ei bod hi'n rhy hwyr.

Breciodd yn galed. Teimlodd yr olwynion yn sglefrio mewn sgid o un ochor y ffordd i'r llall. Brwydrodd i gadw'r beic rhag syrthio. Ond doedd dim ffordd i osgoi'r 4 x 4 oedd yn llenwi'r ffordd o'i flaen.

Rhyw 30 milltir yr awr oedd cyflymdra'r beic pan ddaeth y glec. Teimlodd Jake ei hun yn cael ei daflu fel doli glwt i gyfeiriad y gwrych, neu fel joci Grand National yn ffarwelio efo'i geffyl uwchben Beecher's Brook.

Yn reddfol, gwnaeth ei hun mor fach â phosib yn yr awyr. Gneud ei hun yn belen dynn cyn i'r coed drain ddechra crafangu amdano fo. Cau ei lygaid a disgwyl am y gwaetha.

Eiliad ac roedd pob dim drosodd, a fynta'n gorwedd yn swpyn llonydd yn y cae tu draw i'r gwrych! Roedd o wedi cael ei daflu'n syth drwy'r coed drain, a rheini wedi rhwygo'i ddillad lledr nes eu bod nhw'n garpiau i gyd. Ond diolch amdanyn nhw, meddyliodd, oherwydd roedd y lledr trwchus, a'r menig pwrpasol, wedi arbed ei gorff rhag niweidiau difrifol. A'r helmed, hefyd, wedi arbed ei ben. Diolch byth bod y cae wedi cael ei aredig yn ddiweddar a bod y pridd yn dal yn feddal.

'O leia dwi'n fyw!' medda fo wrtho'i hun, a theimlo ar yr un pryd fel tasa fo wedi cael ei gornio gan darw a'i gicio gan hanner cant o wartheg. Roedd y gwynt i gyd wedi cael ei wasgu allan o'i gorff.

'Cyn bellad â mod i'n gorwadd yn berffaith lonydd, yna dwi'n weddol ddi-boen,' meddyliodd. 'Ond fedra i ddim gorwadd yn fan hyn drwy'r nos. Jest gobeithio bod y beic yn iawn.'

Roedd y pridd gwlyb yn glynu am ei gorff. Yn ei sugno fo'n sownd i'r ddaear. Doedd ganddo fo ddim awydd codi. Roedd o jest isho cau'i lygaid a chysgu'n braf.

'Lle ddiawl mae dreifar y 4 x 4, na fasa fo'n dod i chwilio amdana i?' medda fo wrtho'i hun, a thrio codi allan o'r mwd. Dyna pryd y teimlodd boen fel procar poeth yn saethu trwy'i ysgwydd. Ond doedd neb o gwmpas i glywed ei sgrech.

Am y munuda nesa, y cwbwl wnaeth Jake oedd symud gwahanol rannau o'i gorff, fesul un, gan ddechra efo'i ben, yna un goes, yna'r llall ac yna ei fraich chwith. Pob dim yn o lew hyd yma, diolch byth. 'Yr ysgwydd dde ydi'r broblem!' medda fo. 'Fanno mae'r boen!'

Efo bysedd ei law chwith, teimlodd y toriad yn yr asgwrn. *'Shit!'* meddyliodd. 'Dwi'n siŵr mod i 'di torri'r *collar bone*!'

Dau beth oedd ar ei feddwl. Sut siâp oedd ar y Ducati? A sut fydda fo'n mynd i'r gêm ddydd Sadwrn?

9.15 p.m. yr un noson

Stryd y Bryn, Pencraig

ROEDD O'N TEIMLO'N GYNHYRFUS iawn wrth yrru'r 4 x 4 i mewn i'r garej. Roedd o wedi gweld y Ducati'n plannu i mewn i'r gwrych a'i yrrwr yn diflannu fel aderyn i'r tywyllwch. Efo tipyn o lwc, doedd y riportar ddim gwerth ei godi erbyn rŵan. A hyd yn oed os oedd o'n dal yn fyw, fydda fo ddim mor barod i wthio'i drwyn i mewn i fusnas pobol eraill o hyn ymlaen. Nac i wthio rhwbath arall i mewn i Miss Vaughan, chwaith.

Eitha gwaith i'r ddau ohonyn nhw, meddyliodd. Jest gobeithio bod dim gormod o lanast ar y Daihatsu.

Mor ddistaw ag y medra fo, caeodd ddrysau'r garej ar ei ôl. Doedd dim pwynt gadael i'r bobol-drws-nesa wbod ei fod o wedi bod allan o'r tŷ o gwbwl. Doedd dim isho rhoi lle i neb – yn enwedig y polîs – ddechra holi lle roedd o wedi bod heno!

Aeth rownd at ffrynt y Daihatsu a rhoi golau'r garej ymlaen. Hm! Roedd y *bull bars* wedi gneud eu gwaith yn bur dda. Ond roedd 'na dolc ynddyn nhw ac roedd tipyn o baent wedi cael ei grafu i ffwrdd. Roedd 'na sgriffiada ar y *wing* hefyd. Ond doedd o ddim yn rhy siomedig. 'Cystal â'r disgwyl!' medda fo. 'Mi fedra i neud y job yna heb orfod gofyn am help neb.'

Ar yr eiliad olaf cyn y ddamwain, roedd o wedi gofalu troi trwyn y 4 x 4 i'r cyfeiriad arall fel mai dim ond twtsiad y beic oedd o wedi neud. Prin bod y Daihatsu wedi teimlo'r glec, ond roedd hi wedi bod yn ddigon i yrru'r beic a'i reidar i ebargofiant, gobeithio. A dyna oedd bwysica!

Aeth i chwilio am ei dŵls ac am y paent *touch-up*. 'Erbyn y bora,' medda fo wrtho'i hun, 'fydd neb ddim callach mod i wedi hitio dim byd.'

9.30 p.m. yr un noson

Stad Creigiau Canol

ROEDD NAN VAUGHAN YN flin. Yn flin am fod Jake heb gadw'i air. 'Hannar awr wedi wyth, fan bella!' Dyna oedd o wedi ddeud. Dyna oedd o wedi addo. Ond roedd hi rŵan yn hanner awr wedi naw, a doedd o byth wedi ymddangos. Dyna faint o feddwl oedd gynno fo ohoni hi, felly!

Roedd Jake yn gwybod pa mor ofnus oedd hi, ar ôl be ddigwyddodd nos Wener. Ond doedd fawr o bwys ganddo fo, yn amlwg. Gaddo, a peidio cadw'i air wedyn. Hen dric sâl!

Doedd hi ddim yn siŵr pam ei bod hi'n crio. Crio am fod ganddi ofn? 'Ta crio am fod Jake wedi'i siomi hi? Tipyn o'r ddau, falla.

Ond dyna fo! Roedd dynion wedi'i siomi hi cyn heddiw. Neb yn fwy nag Eifion ei gŵr, wrth gwrs. Ei chyn-ŵr, yn hytrach! Ond roedd hi wedi gobeithio y bydda Jake yn wahanol. Roedd hi wedi dechra meddwl y galla hi syrthio mewn cariad efo fo. Ond doedd dim gobaith i hynny ddigwydd rŵan, yn reit siŵr.

9.30 p.m. yr un noson

Ysbyty Pencraig

TUA'R UN AMSER AG oedd Nan Vaughan yn sychu'i dagra, roedd Mat Francis yn helpu ei frawd i mewn i Adran Ddamweiniau Ysbyty Pencraig ac yn galw am help doctor neu nyrs. Roedd pedwar o gleifion eraill yn y stafell aros, hefyd yn disgwyl sylw doctor. Ond anghofiodd pob un ohonyn nhw am ei broblem ei hun wrth weld Jake yn cerdded i mewn efo'r fath olwg arno fo. Roedd ei ddillad lledr du yn hongian yn garpiau mwdlyd amdano, a'i wallt llaes yn gaglau i gyd. Roedd ei wyneb, hefyd, yn gymysg o fwd coch a gwaed wedi ceulo.

'Wedi cael damwain mae o?' gofynnodd un o'r pedwar, yn ddiniwed reit.

'Na. Dod â fo yma i gael bath ydw i!' medda Mat o dan ei wynt, wrth glywad cwestiwn mor wirion.

Roedd mwy nag awr wedi mynd heibio ers y ddamwain. Ar ôl munudau hir a phoenus o chwilio trwy'i bocedi, roedd Jake wedi cael gafael ar ei ffôn symudol o'r diwedd ac wedi ffonio tŷ ei rieni yn Cwm Llan i gael gair efo'i frawd. Ar ôl egluro i Mat be oedd wedi digwydd, roedd o wedi'i siarsio fo wedyn i beidio sôn gair wrth eu rhieni ond yn hytrach i neud unrhyw esgus i adael y tŷ.

Pan gafodd Mat hyd iddo fo o'r diwedd, yn dal i orwedd yn y cae, fe wrthododd Jake yn lân â gadael i'w frawd ffonio am ambiwlans.

'Fe gei *di* fynd â fi i'r sbyty,' medda fo.

'Be? Yn y car? Efo golwg fel hyn arnat ti?'

Tasa fo ddim mewn cymaint o boen, mi fasa Jake wedi chwerthin wrth weld gwyneb ei frawd.

'Ofn i mi faeddu dy gar di wyt ti?' medda fo. 'Dwi isho ffafr arall gen ti hefyd, Mat, pan gyrhaeddwn ni'r sbyty. Wnei di ffonio Nan, a deud wrthi y bydda i'n hwyr yn cyrraedd heno? Ond paid â deud be sy wedi digwydd, chwaith.'

Daeth nyrs i'r golwg, a galw Jake i mewn i'r stafell driniaeth.

'Dwi'n gwitsiad ers hannar awr a deg munud,' medda un llais cwynfanllyd wrth y lleill oedd yn aros. 'Ac mae hwn yn cael mynd i mewn yn syth!'

A daeth sŵn cytuno oddi wrth y tri arall.

'Mi fydda i'n iawn rŵan,' medda Jake wrth ei frawd. 'Dos i ffonio Nan! A gwna un ffafr arall â fi. Dos i weld y beic, a threfnu bod rhyw garej leol yn mynd i'w nôl o.'

Y bore Sadwrn canlynol, pedwar diwrnod yn ddiweddarach

Ar y ffordd i Old Trafford

'Ti'n ddistaw iawn,' medda Nan.

'Meddwl o'n i!' medda Jake.

'Wel, *penny for your thoughts*, 'ta!' medda hitha nôl. 'Ti'm 'di deud gair ers hydoedd.'

Roedd Jake yn eistedd wrth ei hochor, efo'i fraich dde mewn *sling*.

'Meddwl sut gêm gawn ni, dyna i gyd,' medda fo. 'Yn ôl papur heddiw, fydd Peterson ddim yn chwara. Fydd o ddim hyd yn oed ar y *bench*! A fo ydi'n streicar gora ni.'

'O?'

'Mae o wedi pechu'n erbyn Forbes, y Manejyr, mae'n siŵr. Ac mae hwnnw isho talu'n ôl iddo fo, mae'n debyg. Un fel'na ydi Forbes! Rêl mwnci! Ond y jôc ydi, mae Peterson yn fab-yng-nghyfraith iddo fo.'

Ond doedd gan Nan ddim diddordeb mewn problema bach byd pêl-droed. Roedd hi'n rhy brysur yn canolbwyntio ar y ffordd o'i blaen, wrth iddyn nhw adael yr M56 ac anelu am Old Trafford a chanol Manceinion.

Bore Sadwrn

Pencadlys yr Heddlu, Pencraig

ROEDD *DETECTIVE CHIEF INSPECTOR* Mathew Francis yn cerdded o gwmpas y steshon fel dyn yn methu byw yn ei groen. Dros y tri diwrnod dwytha, ers damwain Jake, roedd petha wedi dod yn gliriach iddo fo, ac erbyn rŵan roedd o'n sicr yn ei feddwl ei fod o'n gwbod pwy oedd y llofrudd.

Roedd o wedi derbyn cyngor ei frawd, ac wedi gofyn am brofion DNA ar y tri dyn roedd Jake wedi eu henwi – Mr Gwynn y Prifathro, Martin Cole yr athro Ymarfer Corff, a Twm Foulkes y Gofalwr. Disgwyl am ganlyniada'r profion oedd o rŵan.

Roedd o hefyd wedi penderfynu nad damwain oedd Jake wedi gael ar ffordd Cwm Llan ond bod rhywun wedi trio'i ladd o'n fwriadol. Achos o *attempted murder*, felly!

Dim ond dau beth fedrai Jake gofio am y ddamwain. Yn gynta, bod *bull bars* ar ben blaen y cerbyd arall. Ac yn ail, ei fod o'n trafeilio heb olau. Fasa neb yn ei lawn bwyll yn gneud peth felly mewn niwl a thywyllwch, oni bai ei fod o ar berwyl drwg.

Roedd Jake wedi methu bod yn bendant ynglŷn â dim byd arall. Ddim hyd yn oed ar y math o gerbyd. 'Ches i ddim cyfla i'w weld o'n iawn, Mat. Ond roedd o'n fwy na char cyffredin. Naill ai 4 x 4 go fawr . . . neu fan Transit, falla. Y *bull bars* oedd yr unig beth welis i'n iawn.' A fedra fo ddim bod yn siŵr ynglŷn â'r lliw, chwaith. 'Tywyll!' oedd yr unig beth alla fo ddeud. 'Du . . . glas tywyll . . . coch tywyll, hyd yn oed! Alla i ddim bod yn siŵr.'

Ond roedd Mat wedi gneud ymholiada, ac roedd o'n gwybod rŵan pa dŷ i fynd iddo fo yn Stryd y Bryn. Dim ond disgwyl am gadarnhad y prawf DNA oedd raid neud, bellach.

Dyna pryd y canodd y ffôn. Rhuthrodd Mat i'w godi fo at ei glust.

'*Detective Chief Inspector* Mathew Francis!' medda fo.

Ia! Yr adroddiad o'r Lab!

Gwrandawodd Mat yn ddistaw am rai eiliada. Yna, wedi rhoi'r ffôn yn ôl yn ei grud, '*Yes! Yes! Yes!*' medda fo'n gyffrous. O'r diwedd, roedd o'n gwybod pwy oedd y llofrudd.

2.45 p.m. yr un diwrnod

Old Trafford

ROEDD OLD TRAFFORD DAN ei sang ers hanner awr a mwy, a chefnogwyr y ddau dîm yn canu ac yn gweiddi gymaint ag y gallen nhw. Roedd Nan wedi sylwi bod Jake yn edrych ar ei wats yn amal, a'i fod o hefyd wedi dod â'i gyfrifiadur laptop efo fo i'r stadiwm.

'Be sy'n bod, Jake?' medda hi o'r diwedd. 'Pam y cyfrifiadur? A pam wyt ti'n edrych ar dy wats bob munud?'

'Falla y bydd raid i mi dy adael di am chydig funuda yn ystod y gêm,' medda fo. 'I e-bostio erthygl i'r *Sunday News.*'

'Pam na wnei di hynny rŵan, cyn i'r gêm ddechra?'

'Fedra i ddim, nes cael galwad ffôn gan Mat.'

'O?'

Trodd Jake i edrych i fyw ei llygaid hi. 'Dwi'n gobeithio'i enwi fo, Nan! Yn y *Sunday News*, bora fory.'

Edrychodd hitha'n graff yn ôl arno fo. 'Enwi pwy, felly?'

'Y llofrudd. Mae Mat wedi addo gadael i mi wbod.'

Agorodd llygaid Nan yn fawr. 'Ti'n jocian!' medda hi.

Ond doedd Jake ddim yn gwenu. 'Dwi'n disgwyl i Mat fy ffonio fi unrhyw funud efo *results* y DNA.'

'Wel?' Nan oedd yn ddiamynedd rŵan.

'Un o dri,' medda Jake.

'Wel?' medda hi eto. 'Wyt ti am ddeud pwy ydi'r tri? Ydw i'n eu nabod nhw?'

'Wyt. Ti'n nabod y tri . . . yn dda! Twm Foulkes, Martin Cole a Mr Gwynn, dy brifathro di.'

Edrychodd hi arno fo'n hir rŵan, fel tasa hi ddim yn siŵr oedd o'n tynnu'i choes hi ai peidio. 'Dwyt ti ddim o ddifri?' medda hi o'r diwedd.

Ond roedd yr olwg ddifrifol ar wyneb Jake yn ateb ei chwestiwn hi.

'Dwyt ti rioed o ddifri?' medda hi wedyn, a dechra chwerthin dros y lle, nes tynnu sylw rhai oedd yn eistedd yn eu hymyl. 'Be sy'n gneud i ti feddwl peth mor hurt?'

'Nid jest fi! Mat hefyd! 'Da'n ni'n gwbod, bellach, bod 'na gysylltiad rhwng y *rapist* ac Ysgol Pencraig,' medda Jake. 'Ac mae pob un o'r tri yn ffitio'r disgrifiad sy gynnon ni. Mae'r tri ohonyn nhw yn *six foot plus* ac yn ddynion cry, mae'r tri yn byw'n lleol ac mae'r tri wedi cael cyfla, hefyd, i gwarfod pob un o'r merched gafodd eu treisio. Does gan yr un ohonyn nhw *alibi* am nos Wener a fedar yr un ohonyn nhw gofio, chwaith, lle'n union roedd o pan gafodd y merched eraill eu lladd. Ond Twm Foulkes a Martin Cole ydi'r *favourites,* dwi'n meddwl!'

'Mae'r peth yn hollol hurt!' medda Nan. 'Mr Gwynn? Argol fawr! Fasa fo byth bythoedd yn gneud y fath beth. Dim mwy na Martin Cole! Mae gan Martin wraig . . .'

'Fe ddeudist ti bod ogla *disinfectant* a *chlorine* ar y dyn, yn do? Wel, roedd dwy o'r merched eraill, hefyd, yn cofio bod 'na ogla *disinfectant* arno fo, yn ogystal ag ogla garlic. Ond ddaru *ti* ddim sôn am ogla garlic.'

'Ro'n i wedi bwyta garlleg fy hun, ddydd Gwener,' medda hi. 'Felly, faswn i ddim wedi clywad ogla garlleg arno fo.'

'Hm! Ddaru mi ddim meddwl am hynny,' medda Jake. 'Sut bynnag! Fe wyddon ni, erbyn rŵan, fod y tri ohonyn nhw'n licio garlic, a bod dau ohonyn nhw – Martin Cole a'r prifathro – wedi bod yn y pwll nofio ddydd Gwener dwytha. Y prifathro wedi cael ei alw draw yno, mae'n debyg, i sortio rhyw broblem neu'i gilydd. Sut bynnag, mi fasa hynny'n egluro'r ogla *chlorine*. Ac mae *disinfectant* yn cael ei ddefnyddio'n amal, yn y pwll ac yn yr ysgol.'

'A dyna'r cwbwl sgynnoch chi'n dystiolaeth? Fedra i ddim credu'r peth. Rhaid bod dy frawd a chditha'n *desperate*!'

'Ddim yn hollol,' medda Jake. 'Rhaid i ti gofio bod y polîs wedi bod yn hel gwybodaeth am y *Black Rapist* ers blwyddyn a hannar, ac mae pob dim i weld yn ffitio efo'i gilydd yn dda, ac yn pwyntio at un o'r tri yna. Mae pob ymosodiad wedi digwydd naill ai ar nos Wener neu yn ystod wsnos gwylia hannar tymor. Hynny ydi, fasa fo ddim wedi gorfod gweithio drannoeth, ti'n dallt.'

Ysgwyd pen yn anghrediniol wnaeth Nan eto. 'Mae'r peth yn hurt bost.'

'Wel, os nad wyt ti'n meddwl mai'r prifathro na Martin Cole ydi o, be am Twm Foulkes, 'ta? *Chicken Kiev* mae hwnnw'n gael i swpar bob nos, ac i ginio ar *weekends*. Ac mae o'n handlo *disinfectant* bob dydd yn ei waith.'

'A paid ag anghofio'r clorîn!' medda hi'n wamal.

'Tasa Twm Foulkes yn gweithio yn y pwll nofio, yna fo fasa'r *chief suspect*, cyn bellad â dwi'n y cwestiwn.'

'A! Ond *mae* o! Ar ddydd Mercher a dydd Gwener.'

'Be? Wyt ti o ddifri?' Roedd ei geiria hi wedi cynhyrfu Jake.

'Be? Wyddat ti ddim? Chdi na'r *Detective Chief Inspector*?'

'Gwbod be?'

'Mae'r Cyngor Tref yn caniatáu i'r ysgol ddefnyddio'r pwll ar bnawn dydd Mercher a phnawn dydd Gwener, ond maen nhw'n gosod amodau. Ac un o'r amodau ydi bod yn rhaid i'r ysgol ofalu gadael y stafelloedd newid yn lân ac yn daclus ar ôl i'r plant eu defnyddio nhw.' Daeth edrychiad direidus i'w llygad hi, rŵan. 'A pwy, medda chdi, sy'n gorfod gneud y job honno?'

'Ddim . . . Twm Foulkes?'

'Iawn tro cynta, Sherlock!'

'Diawl erioed!' medda Jake. 'Twm Foulkes ydi o, felly! *Guaranteed*!'

Ond roedd Nan yn sbio'n ddig unwaith eto. 'Callia, Jake!' medda hi. 'Wyt ti wedi cwarfod Twm Foulkes erioed?'

'Do. Yn y King's Head, nos Lun, pan oedden ni ar ein ffordd i'r bistro. A dwi wedi'i gwarfod o wedyn, hefyd, ar garrag drws ei dŷ.'

'Wel, os felly, mi fyddi di'n gwbod ei fod o'n ddyn distaw a swil.'

'Doedd o ddim yn ddistaw nac yn swil efo fi, beth bynnag. A deud y gwir, roedd o'n ddigon ymosodol pan ddaru mi alw yn ei dŷ fo.'

Ysgydwodd Nan ei phen i anghytuno. 'Mae o'n rêl gŵr bonheddig, i ti gael dallt. Ac mae gen i bechod mawr drosto fo. Ti'n gwbod, er enghraifft, bod Catherine ei wraig o wedi rhedag i ffwrdd efo dyn arall, rhyw ddwy flynadd yn ôl? Roedd o'n ei haddoli hi. Catherine oedd bob dim gynno fo! Ond mi redodd hi i ffwrdd a'i adael o. I Awstralia, o bob man!'

'O? Mi aeth hi'n ddigon pell, beth bynnag. Sgwn i pam?' medda Jake yn wamal.

'Awstraliad oedd y boi arall. Wedi cael *work permit* i ddod i Brydain am flwyddyn. Ond mi gymerodd ffansi at Catherine – a hi ato fynta, mae'n debyg – a'r peth nesa roedd y ddau wedi mynd, wedi diflannu, dros nos. Mi ddaru'r peth ddeud yn ofnadwy ar Twm Foulkes druan.'

'Deud ar ei feddwl o, falla?' medda Jake, a'r sŵn gwamal yn dal yn ei lais o.

'O!' medda Nan yn ddiamynedd. 'Does dim posib ymresymu efo chdi.'

Ond roedd rhywbeth arall wedi tynnu sylw Jake, mwya sydyn. Roedd o'n edrych o'i gwmpas mewn dryswch. 'Rhyfadd!' medda fo.

'Be sy'n rhyfadd?' medda hitha.

'Fel rheol, mae'r ddau dîm allan ar y cae cyn

rŵan, yn cael *warm-up* cyn y gêm. Ond mae'r cae'n hollol wag pnawn 'ma. Ac mae'r *tannoy system* yn hollol ddistaw, hefyd. Fel rheol, maen nhw'n chwara rhyw fiwsig neu'i gilydd, ac yn gneud amball *announcement*. Ond dim byd heddiw, er mai hon ydi gêm bwysica'r *season*! Sgwn i pam?'

Dyna pryd y canodd y ffôn.

'Jake?'

'Mat? Chdi sy 'na? Rhaid i ti weiddi! Dwi yn Old Trafford ac mae'r *crowd* yn gneud dipyn o sŵn o 'nghwmpas i. Mae gen ti newyddion da, gobeithio?'

'Oes, a nagoes!' medda Mat, o ben arall y lein.

'Be ti'n feddwl, *oes a nagoes*?'

Am ddau neu dri munud, ddaru Jake ddim deud gair, dim ond gwrando ar lais ei frawd o ben arall y lein, yn Pencraig.

Roedd Nan yn ei wylio fo'n graff ac yn gweld ei wyneb yn newid wrth i'r sgwrs fynd yn ei blaen.

'Grêt!' oedd y peth cynta ddeudodd o, ond yna, mewn rhyw funud neu ddau, roedd o'n edrych yn hollol syn, fel tasa fo ddim yn coelio be oedd ei frawd yn ddeud.

'*Bloody hell*!' medda fo o'r diwedd, a rhoi'r ffôn yn ôl yn ei boced.

Yna, cyn i Nan gael cyfle i ddechra holi, daeth sŵn clecian dros y *tannoy* a llais tawelach nag arfer yn cyhoeddi rhyw neges neu'i gilydd. Ond doedd Jake ddim yn gwrando. Roedd o'n dal i feddwl am be ddeudodd ei frawd dros y ffôn.

Doedd Nan ddim yn gwrando chwaith. 'Wel?' medda hi. 'Be oedd gan Mat i ddeud?'

'Alla i ddim credu'r peth,' medda Jake.

Dyna pryd y dechreuodd y ddau ohonyn nhw synhwyro rhyw newid mawr yn yr awyrgylch o'u cwmpas. Eiliad yn ôl, roedd y cefnogwyr i gyd wedi bod yn canu ac yn siantio enwau'r ddau dîm, ac yn chwifio'u sgarffiau a'u baneri. Ond rŵan, roedd pob man fel y bedd, wrth i bawb wrando ar neges y *tannoy.* Gwrandawodd Jake a Nan hefyd.

'. . . *So, due to tragic circumstances that we are not able to fully disclose at this moment in time, Manchester United Football Club have no option but to take the regrettable step of cancelling today's match against Arsenal . . .*'

Daeth 'Oooooo!' fawr o siom o bob rhan o'r stadiwm, a phawb yn edrych ar ei gilydd, yn methu dallt be oedd yn digwydd.

'. . . *The Club wishes to apologize to the supporters of both teams. You will, of course, be able to reclaim the cost of your tickets in full, or claim tickets for the re-scheduled match, on a date yet to be decided . . .'*

Er bod y llais ar y *tannoy* yn dal i barablu, doedd neb yn gwrando bellach. Roedd pawb yn rhy brysur yn siarad trwy'i gilydd, a fawr o neb yn paratoi i adael y stadiwm.

'Tyrd!' medda Jake. 'Waeth i ni fynd, ddim, cyn y *rush*. Mi gei di'r newyddion gen i ar y ffordd nôl i'r car.'

Fel roedden nhw'n dod i olwg y maes parcio, canodd ffôn Jake eto. Clywodd Nan fo'n ateb, *'Yeah? Oh! It's you, Bill? Good job you called, because I'm in Manchester right now. Great news, actually. I'll be naming the Black Rapist in tomorrow's paper. Front page stuff, Bill. Believe me! . . . What?!'*

Roedd hi'n amlwg i Nan bod y person oedd yn ffonio wedi torri ar draws Jake. Gwelodd hi ei lygaid a'i geg yn agor yn fawr.

'Say that again, Bill!' medda fo, fel tasa fo ddim yn credu'i glustia'i hun. Ac ar ôl gwrando eto, *'Good God!'* medda fo. *'Yes, of course! I'll get on to it now. As soon as I've e-mailed the Black Rapist story.'*

Ddaru o ddim cyfadde y basa'n rhaid iddo fo newid enw'r dyn yn y stori cyn ei hanfon hi. Mat oedd wedi bod yn iawn ynglŷn â'r *Rapist*, wedi'r cyfan.

'Y *News Editor* oedd hwnna,' medda fo wrth Nan. 'Yn deud pam bod y gêm wedi cael ei chanslo. Wnei di ddim coelio be sy wedi digwydd.'

'Ti'n edrych fel tasa ti dy hun ddim yn credu,' medda hi.

'Rhywun newydd ffonio Bill Taylor, y *News Editor*, i ddeud bod Forbes . . . manejyr Man U. . . . wedi cael ei fwrdro yn ystod yr awr ddwytha! Yn ei stafall yn fan'cw.' Edrychodd Jake yn ôl i gyfeiriad y stadiwm. '*Bludgeoned to death*, yn ôl Bill.'

'Bobol bach!'

'Ac mae o wedi gofyn i mi fynd ar ôl y stori.'

'Gofyn 'ta deud oedd o?'

'Deud, mae gen i ofn!'

'Ro'n i'n ama,' medda Nan. 'A be mae hynny'n olygu? Bod yn rhaid i mi fynd nôl i Pencraig hebddat ti, mae'n debyg?'

Er gwaetha'i siom, dim ond smalio sbio'n gas oedd hi. Ond roedd Jake, ar y llaw arall, yn edrych fel ci wedi cael ei chwipio.

'Sori,' medda fo'n wan. 'Ond mi fydda i'n dŵad nôl i Pencraig eto'n fuan.'

'Sgwn i pam?' medda hi. 'I ngweld i, 'ta i nôl dy feic pan fydd hwnnw wedi cael ei drwsio?'

'I dy weld ti, wrth gwrs!' medda Jake, gan roi ei freichia amdani a'i chusanu.

Roedd dwsina o gefnogwyr pêl-droed yn rhuthro am adra rŵan, ac yn gneud sylwada anweddus wrth eu gweld nhw ym mreichia'i gilydd. Ond doedd Jake na Nan ddim yn cymryd unrhyw sylw.

'Cyn i mi fynd,' medda Nan, 'wyt ti am ddeud wrtha i be oedd negas dy frawd, gynna?'

'Roedd y prawf DNA yn *positive*. Ac mae o wedi cyfadda.'

'Fo? Pwy, felly? Cyfadda be?'

'Twm Foulkes.'

'BE?' Roedd Nan yn methu credu'i chlustia.

'Mae o wedi cyfadda'r cwbwl,' medda Jake. 'Ar ôl cael *results* y DNA, a gweld mai Twm Foulkes oedd wedi lladd Catrin Saunders a Medwen Ellis, fe gafodd Mat *search warrant* i chwilio'i dŷ fo. Gesha be ddaru nhw ffeindio ar ganol bwrdd y gegin?'

'Dim syniad,' medda Nan. Roedd hi'n dal mewn sioc o wbod mai Twm Foulkes oedd wedi trio'i lladd hitha.

'Y masg! A gesha be oedd yn y garej!' Y tro yma, ddaru Jake ddim aros iddi hi ymateb. 'Daihatsu 4 x 4 efo *bull bars* ar ei flaen o, a rheini newydd gael eu hail-beintio! Ac *off-side wing* yn dolcia i gyd!'

'Be? Fo ddaru drio dy ladd ditha hefyd? Ond pam chdi?'

'Am mod i'n rhy fusneslyd. Dyna ddeudodd o wrth Mat. Ac am ei fod o wedi dy weld ti a fi efo'n gilydd, y noson ddaru mi alw yn y King's Head. Roedd o wedi dy weld di drwy'r ffenast, yn sefyll yn y *car park* tu allan.'

'Fedra i ddim credu'r peth,' medda Nan. 'A fynta'n ddyn mor dawal a swil.'

'*Still waters run deep,* cofia! Sut bynnag, ddaru o ddim trio gwadu. Yn ôl Mat, wnaeth o ddim byd ond dechra crio fel babi, a chyfadda pob dim. A gwranda ar hyn! Ti'n cofio chdi'n sôn bod ei wraig o wedi rhedag i ffwrdd efo ryw foi o Awstralia?'

'Ia?'

'Wel, ddaru hi ddim.'

'Be ti'n feddwl?'

'Mae Twm Foulkes wedi cyfadda ei fod o wedi'i lladd hitha hefyd. Hi a'i chariad! Ac mae o wedi dangos i'r polîs, bora 'ma, lle mae'r cyrff wedi cael eu claddu. Dyna pam bod Mat wedi bod mor hir cyn ffonio.'

Roedd Nan yn dal i ysgwyd ei phen yn syn, fel tasa hi'n methu derbyn y peth.

Erbyn rŵan, roedden nhw wedi cyrraedd y car.

'Mae'n amsar i mi gychwyn am adra,' medda hi.

'Ac i minna ddechra gneud ymholiada yn

fan'cw,' medda Jake, a nodio'i ben i gyfeiriad stadiwm fawreddog Old Trafford.

Rhoddodd Nan gusan arall iddo fo cyn dringo i mewn i'r car. 'A dyna fydd ces nesa Sherlock Holmes, felly?' medda hi, efo gwên fach wamal. 'Ffeindio pwy laddodd . . . Be 'di enw fo, 'fyd?'

'Forbes,' medda Jake.

'Falla mai ei fab-yng-nghyfraith ddaru'i ladd o.' Ond gwenu oedd hi.

'Pwy ŵyr!' medda Jake, yn fwy difrifol. 'Falla dy fod ti'n iawn.'

'Pob hwyl, beth bynnag!' medda hi. 'A phaid ag anghofio pobol Pencraig.'

'Dim peryg o hynny,' medda fynta, a rhoi cusan arall iddi drwy ffenest agored y car. 'Rŵan, cofia gymryd pwyll ar y ffordd yn ôl.'

'O!' medda Nan, fel tasa hi newydd gofio rhwbath. 'Pan oeddat ti ar y ffôn efo dy frawd, gynna, be arall ddeudodd o wrthat ti? Fe gest ti dipyn o sioc, beth bynnag.'

Daeth golwg ddifrifol dros wyneb Jake. 'Rhaid i ti addo peidio deud wrth neb,' medda fo. 'Ddim ar hyn o bryd, beth bynnag. Ddim nes y bydd yr heddlu yn gneud datganiad swyddogol. Ti'n gaddo?'

Roedd Nan Vaughan yn gweld bod Jake yn hollol o ddifri. 'Ydw, wrth gwrs,' medda hi.

'Mae Twm Foulkes wedi cyfadda pob dim. Ond mae o'n deud ar ei lw nad fo ddaru ladd Alison Moore. A gesha be, Nan? Mae o'n deud y gwir . . . Mae'r profion DNA yn profi hynny!'